BENEDEN IN HET DAL

PAOLO COGNETTI BIJ DE BEZIGE BIJ

De acht bergen
De buitenjongen
Sofia draagt altijd zwart
Zonder de top te bereiken
Het geluk van de wolf
Antonia

Paolo Cognetti

Beneden in het dal

Vertaald door Yond Boeke en Patty Krone

2024

DE BEZIGE BIJ

AMSTERDAM

Eerste druk februari 2024
Oorspronkelijke titel *Giú nella valle*
Oorspronkelijke uitgever Giulio Einaudi editore s.p.a., Turijn
Omslagontwerp Moker Ontwerp
Citaat p. 5 'The Grant', uit *All of Us* van Raymond Carver. © Tess Gallagher 1996, used by permission of The Wylie Agency (UK) Limited.
Illustraties binnenwerk Moker Ontwerp
Foto auteur Mattia Balsamini
Vormgeving binnenwerk CeevanWee, Amsterdam
Druk Wilco, Amersfoort
Bindwerk Abbringh, Groningen
ISBN 978 94 031 3152 8
NUR 302

debezigebij.nl

MIX
Papier | Ondersteunt verantwoord bosbeheer
FSC® C004472

Bij de productie van dit boek is gebruikgemaakt van papier dat het keurmerk van de Forest Stewardship Council® (FSC®) mag dragen. Bij dit papier is het zeker dat de productie niet tot bosvernietiging heeft geleid.

It's either this or bobcat hunting
with my friend Morris.
Trying to write a poem at six this
morning, or else running
behind the hounds with
a rifle in my hands.
Heart jumping in its cage.
I'm 45 years old. No occupation.
Imagine the luxuriousness of this life.
Try and imagine.

RAYMOND CARVER

Valsesia

Het teefje was nog geen twee winters oud en kende nog geen andere wereld dan de garage langs de provinciale weg. Achter de werkplaats speelde ze in haar eentje met een reep van een oude autoband – ze kauwde erop, slingerde hem steeds opnieuw weg en holde er dan achteraan –, toen ze merkte dat ze toeschouwers had. Uit de belendende grindgroeve was een grijze hond aan komen lopen, die haar gadesloeg. Aan die kant stroomde ook een rivier, maar in de herfst stond het water zo laag dat het niet moeilijk was hem over te steken. Ze liet het stuk band vallen om de lucht af te speuren naar de geur van die reu, maar toen ze haar snuit ophief, zag ze er vanachter de schroothoop nog drie tevoorschijn komen. Drie herdershonden met een modderige vacht en een bel aan hun halsband, en die kende ze wél. Overdag hoedden ze de schapen die de stoppels in de velden en het gras rond de schuren afgraasden, en 's avonds zwierven ze rond op zoek naar iets te snaaien. Maar nu kwamen ze niet voor iets eetbaars, ze kwamen voor haar. En het teefje had wel een vermoeden waarvoor ze precies waren gekomen. De plotselinge belangstelling die de mannetjes voor haar, net een jaar oud, aan de dag legden, maakte deel uit van de dingen die ze razendsnel leerde, opwindende en gevaarlijke dingen, zoals de vuurtjes die de jongens 's zomers stookten, of de sterke stroom van de rivier die haar op een keer bijna had meegesleurd.

Tegen de muur van de garage stond een aftandse autostoel waar ze op wegkroop. Een stoel waarop generaties honden vóór haar al hadden gelegen. Een stukje verderop zakte de arm van een graafmachine in de rivierbedding en haalde een grijper vol zand en grind naar boven, en op dat moment bewoog de grijze hond zich in haar richting. De onderlinge rangorde van de drie herders werd meteen duidelijk: de oudste en grootste hoefde alleen maar te grommen en even zijn tanden te laten zien of de tweede gaf het op en droop jankend af, terwijl de derde er al vandoor was gegaan. Vervolgens kwam de leider met kleine stapjes dichterbij, volgens een vast ritueel dat het teefje kende. Dreigen, grommen, de tanden laten zien, dat was de manier waarop de honden in het dal vochten, maar de grijze hond kwam ergens vandaan waar hij anders was opgevoed, door de mens of door het leven. Toen de herder zijn haren overeind zette en stokstijf bleef staan om de grijze angst aan te jagen, vloog die hem onverhoeds aan. Hij was het magerst van de twee, maar door de botsing belandde de herder op zijn rug; daarna hield hij hem met een poot tegen de grond gedrukt en boorde zijn tanden in zijn keel. Dat had het teefje nog nooit een hond zien doen. Ze voelde een nieuw soort opwinding toen ze zag dat de grijze zijn kaken op elkaar geklemd hield en de keel van de spartelende herder niet losliet. Net zolang totdat ook zijn maten, die rusteloos om hen heen draaiden, zagen dat het lichaam van hun leider verslapte, dat er bloed uit zijn nek gutste en dat de grond ervan doordrenkt raakte. Nu leek ook hij op een oude autoband, en even later waren de twee in de velden verdwenen.

Op de provinciale weg reed een tankwagen voorbij; op het dak lag een vingerdikke laag rijp die door een windvlaag werd weggeblazen. November. Het teefje sprong van de autostoel af en kwispelde naar de reu, die op haar toeliep. Zijn razernij van even tevoren was al geluwd, hij besnuffelde haar goedmoedig, liet zich besnuffelen. De geur die ze rook was die van bos, aarde, bladeren, van het bloed van de hond die hij zojuist had gedood. Ze kreeg zin om hem te likken, en likte hem. Daarna nam hij haar en zo kwam er voorgoed een einde aan haar jeugd.

Ze volgden de rivier die dag stroomopwaarts, uitgelaten hollend omdat ze elkaar hadden ontmoet, over de grindbanken, de eilandjes en de verlaten stukken grond in de benedenloop van het dal. Op de bergkammen in de verte was maagdelijke sneeuw te zien, maar langs de rivier stonden cement- en meubelfabrieken, groothandels in landbouwmaterialen en bouwmarkten. Ze zagen ratten in de afvoerkanalen en kraaien op de stortplaatsen, roken de geur van over de velden uitgestrooide mest, en toen ze op mensen stuitten, in een bestelbusje op de oever, begreep zij, die niet bang was voor mensen, dat hij die juist uit de weg ging, want ze waadden de rivier door om hun weg aan de andere kant te vervolgen. Ze liepen langs een omheining, en niet veel later eindigde hun tocht bij een engte waar de rivier was versperd en waar pijpleidingen begonnen. Ze konden het wegverkeer daarvandaan horen, ergens aan de andere kant van de hoge oever. Het begon te schemeren, maar hij wilde pas tevoorschijn komen als het helemaal donker was. Terwijl ze wachtten kreeg ze honger, ze had al urenlang niets gegeten en maakte het hem duidelijk zoals puppy's dat doen, door hem te likken en zachtjes in zijn snuit te bijten, alsof hij haar vader was en haar van eten moest voorzien. Hij kon die kwelling ergens wel waarderen.

Toen het eenmaal donker was, leidde hij haar langs

de provinciale weg naar een gebouw met aan de voorkant een grote neonreclame – een bal die steeds weer naar kegels toe rolde – en aan de achterkant een metalen deur en een verduisterd raam dat uitkeek op een parkeerplaats. De hond die buiten zat vastgebonden hoorde hen aankomen. Het was een klein hondje dat blafte en aan zijn riem trok, terwijl zij zich schuilhielden op een plek waar geen licht kwam. Na een tijdje hield het op, staarde in de duisternis, hoorde ergens een andere hond blaffen en antwoordde die, en daarna ging de metalen deur open en kwam er een jongen naar buiten met een wit schort voor. Het hondje kwispelde uitgelaten. De jongen kwakte twee vuilniszakken tegen de muur, keek naar de maanloze sterrenhemel, haalde iets uit zijn zak, stak dat het hondje toe en aaide het over zijn kop terwijl het uit zijn hand at.

Bij het zien van dat tafereel overviel het tussen de auto's verschanste teefje een gevoel dat ze nooit eerder had gehad. Vanwege de liefkozing, niet vanwege het lekkere hapje. Vanwege de genegenheid van de jongen en het onvoorwaardelijke vertrouwen van de hond. Een soort heimwee.

De reu gunde haar verder geen tijd: zodra de jongen weer in de keuken was verdwenen, kwam hij uit het donker tevoorschijn. Het hondje hief zijn snuit op van het schoteltje, maar het was een beestje van niets, en omdat het vastgebonden zat kon het niet veel uitrichten. Nog voordat het kon blaffen, had de reu het al bij de keel gegrepen. Het bracht een rochel en een fluittoon voort, niemand in de keuken hoorde het en niemand kwam kijken, en toen het teefje naar hem toe kwam gelopen was het beestje al dood: zijn bek hing open, met zijn tong eruit. Haar minnaar was zijn belangstelling al verloren en scheurde met zijn nagels en zijn tanden de vuilniszakken open. Ze vonden de heerlijkste dingen, vlees, pasta, botten; ze aten tot ze niet meer konden, met naast zich dat aan zijn riem vastzittende kadavertje, en onder de donkere hemel knalde de neonbal intussen de kegels omver.

In de dorpen van de Valsesia, waar de winter zijn intrede deed, begonnen links en rechts geruchten de ronde te doen over die dode honden – eerst de herder, daarna het bastaardje van de bowling, daarna een jachthond die het bos in was gelopen en niet meer was teruggekomen, daarna de waakhond van een zagerij – en over de killer die ze afmaakte. Allemaal op dezelfde manier, allemaal reuen. In de cafés waar het nieuws zich verspreidde, durfden sommigen er wat om te verwedden dat het een wolf was. Alleen wolven doodden toch op die manier? Volgens anderen was het een vechthond die was weggelopen bij zijn baas, die er wel voor uitkeek hem als vermist op te geven.

Daarna vormde zich de theorie dat hij half-en-half was, zo'n kruising tussen een zwerfhond en een wolf waarover je wel hoort praten en een mutant wordt genoemd. Mutanten zouden duivels zijn omdat ze twee zielen hebben: het vertrouwd zijn van de hond met de mens, en de woestheid van de wolf. Lokale legendes wilden dat ze gedwee dichterbij kwamen en dan plotseling aanvielen. Maar die theorie zorgde voor een probleem, want een dolle hond kon je, of liever moest je, afmaken, maar een wolf niet: die werd beschermd door de wet. Dus wat te doen met een mengvorm? Tijdens het aperitief liepen de discussies hoog op. Gezeten achter een tweede glas Bonarda, of een witte wijn met campari, of achter nog een rondje van hetzelfde, werd er op niet eens al te zachte toon gezegd dat Bosbeheer op zijn handen bleef zitten. Ze deelden liever bekeuringen uit dan dat ze de burgers beschermden. Oké, er waren nog geen meldingen van mensen die waren aangevallen, maar welke moeder zou nu haar kind nog buiten laten spelen? Hoe dan ook, het jachtseizoen was open, en jagers waren er in het dal genoeg. Ze joegen op wilde zwijnen, op gemzen, op herten, op blondines... Zo amuseerden de mannen zich, ze maakten toespelingen en stootten elkaar aan, mikten wat pinda's in hun mond en knipoogden naar de serveerster. Daarna leegden ze hun glas, betaalden het rondje, stapten in hun pick-uptruck en reden naar hun vrouw voor het avondeten. Ieder willekeurig beest dat op een hond leek en de weg overstak, zouden ze zonder er twee keer over na te denken afknallen.

Die nacht droomde ze van haar moeder. Ze droomde dat ze zo klein was dat zij en haar broertjes en zusjes nog bij hun moeder in het nest waren. Buiten haar droom bewoog ze haar poten, jankte zachtjes, en in haar droom vocht ze met de andere puppy's om een tepel. Er waren ook mensen, geen daadwerkelijke gezichten, maar gestaltes, stemmen, en daarna kwam er vanuit die stemmen een hand naar beneden die groter was dan zijzelf. Ze voelde het gewicht ervan op zich drukken, de vingers rond haar lijf, die hand die haar beetpakte en optilde.

Ze schrok wakker. Om haar heen was het donker en ze wist niet waar ze was. Eerst herkende ze de geur van haar minnaar, de dikke vacht en de knokige ribbenkast. Die geur maakte dat ze meteen kalmeerde. Daarna onderscheidde ze, in de hen omringende nacht, beetje bij beetje de rest: de betonnen pijler waaronder ze beschutting hadden gezocht, een auto die boven hen voorbijreed, het geklater van de rivier. Ze wist niet hoeveel dagen ze die al stroomopwaarts volgden. Evenmin vroeg ze zich af waar de reu haar mee naartoe nam: ze volgde hem, meer niet. Hij waakte over haar, ook nu: het ritme van zijn ademhaling vertelde haar dat hij rustte, maar niet sliep.

Vroeg in de ochtend, toen ze door het kreupelhout hun weg vervolgden, zag ze in de rivier iets bewegen. Ze snoof en ving de geur van een vrouw op. Die kon ze onderscheiden van die van een man. Nieuwsgierig geworden liet ze de reu doorlopen en waagde zich tot aan de grens van de begroeiing, vlak bij het water.

De vrouw liep stapje voor stapje een diepe poel in. Ze had een bijzonder witte huid en rood haar. Het was koud, je zag haar adem, en toch ging ze steeds verder het water in. Het kwam al tot haar dijen toen ze voelde dat ze bekeken werd; ze draaide zich om naar de struiken en zag haar. Hun blikken kruisten elkaar. Het teefje kreeg weer datzelfde gevoel, van heimwee.

Haar minnaar stond nu naast haar. Ook hij keek naar de vrouw, en de vrouw keek naar hen beiden. Daarna duwde de reu even met zijn snuit tegen haar nek en vervolgde zijn weg. Ze was bang dat hij, als ze bleef staan, uit zicht zou raken, en dus liet ze de vrouw in het water achter en volgde hem gewillig.

Later veranderde het landschap: het gemengde struikgewas beneden in het dal maakte plaats voor coniferen, en in mindere mate voor berken. Dunne berken langs de oever, en daarachter het dichte bos.

Terwijl de rivier stroomafwaarts, met overal dammen en oevers die waren voorzien van verstevigde walkanten, was drooggevallen doordat er water aan werd onttrokken, stroomde die hier vrijelijk tussen de stenen door, en toen hij in noordelijke richting afboog, stuitten ze opeens op sneeuw. Een dun laagje, dat een paar dagen eerder was gevallen en in de schaduw was blijven liggen. Het teefje snuffelde eraan en herkende een geur die ze eerder wel eens vaag in de verte had geroken. Ze kon de verleiding niet weerstaan, nam er een hap van en ontdekte dat sneeuw geen voedsel was, maar iets om mee te spelen. Ze krabde met haar nagels aan de bevroren korst, duwde haar snuit erin, nieste en vulde er nogmaals haar bek en haar oren mee.

Ondertussen was de reu naar een barak van hout en golfplaat toe gelopen. Er stak een rookkanaal uit het dak, maar er kwam geen rook uit. Hij liep er snuffelend omheen, bespeurde geen gevaar en volgde een geur die hem naar een op twee bakstenen rustend rooster voerde waar gestold vleesvet op zat. Ook was er vet in de as gedropen, en hij begon te graven naar iets wat hij had geroken.

Ineens zag ze dat er een hond het bos uit kwam stormen. Ze zag hem rennen, hij was groot en zwart: hij ramde op de grijze in en zette z'n tanden in diens rechterflank. De grijze was erdoor overrompeld; hij slaagde erin zich om te draaien en het beest te bijten waar hij kon, maar dat had zich in zijn vlees vastgebeten en liet niet los. Zij zag ze tussen het rivierwater en de sneeuw heen en weer rollen. Ze jankte van angst en wist niet wat ze moest doen. Meerdere keren duwden de reuen elkaar omver en dwongen elkaar op de rug, totdat de blind om zich heen bijtende grijze het geluk onverwachts aan zijn zijde had. De zwarte kwam met verdraaide nek onder hun beider gewicht terecht, en ze hoorde het geluid van een brekende wervel. Zijn kaken openden zich meteen, hij bleef op de grond liggen spartelen en het lukte hem niet meer om overeind te komen. De grijze vloog hem met alle woede die hij in zich had naar de strot en deed dat met zoveel kracht dat de leren halsband van het beest losschoot.

Dat was slachtoffer nummer acht op hun vlucht. Ze gingen er razendsnel vandoor, en later hielp ze hem zijn wonden te verzorgen. Hij had een lelijke jaap in zijn zij, precies daar waar de ribbenkast overgaat in het zachte vlees van de buik. Ze likte eraan en proefde dat zijn bloed niet anders smaakte dan dat van de honden die hij had gedood. Ze likte de wond schoon, likte tot op het rauwe vlees, maar slaagde er niet in het bloeden te stelpen.

De negende was gewoon een zwerfhond die zich op het verkeerde moment tussen de afvalcontainers bevond, en de tiende eentje die de geur van het teefje had gevolgd en beter op zijn erf had kunnen blijven. Tien onschuldige honden, tien dode reuen binnen het bestek van enkele dagen.

Hun laatste nacht brachten ze door onder een rotsblok dat ver genoeg uitstak om hen aan het zicht te onttrekken en te beschutten. Ook zij sliep nu niet meer, ze hoorde hem hijgen, de wond likken en gaan verliggen, en op een gegeven moment verscheen in het streepje zwarte hemel hoog boven hen de maan. Een herfstmaan die de rivierbedding bescheen, en de sneeuw op de oevers die daardoor zwak oplichtte: de sneeuw absorbeerde het licht van de maan. Verrast door dat schijnsel hief de reu zijn kop op en spitste zijn oren. Hij keek naar de maan, snoof, luisterde alsof hij verwachtte een stem te horen, van iemand of iets wat hem riep, maar in de nacht klonk er niets anders dan het onophoudelijk stromen van de rivier.

Bij zonsopgang waren ze nog steeds samen, tussen de steile oevers waar grote, door hoogwater meegevoerde boomstammen vast waren komen te zitten. Hij liep voorop, hinkte en verloor bloed, maar leek toch nog te weten waar hij naartoe op weg was, toen zij de honden zag aankomen. Het waren jachthonden, ze volgden de geur van het bloed en blaften toen ze hun prooi roken. Ze liepen langs haar zonder acht op haar te slaan. Met zijn laatste krachten begon de reu te rennen. De brakken achtervolgden hem, dreven hem een andere kant op. Zodra hij het struikgewas uit kwam, klonk er vanuit de hoogte, ergens boven de rivier, een schot. Plotseling begaven zijn poten het. Hij viel en rolde omlaag, het water in.

Doodsbang dook het teefje ineen. De echo van het schot stierf weg, ze hief haar kop op en keek langs de helling omhoog. Ze hoorde een fluitje en de brakken renden terug naar hun baas, verdwenen zoals ze gekomen waren. Ze verroerde zich niet: ze was een duidelijk en ogenschijnlijk niet te missen doelwit. Maar het tweede schot kwam niet.

Toen ze weer in staat was zich te bewegen, daalde ze af naar de rivier en liep naar de reu, die ruggelings tussen de rotsen lag. Ze duwde haar snuit in zijn vacht, snoof aan zijn hals en zijn borst. Ze zag het gat van de kogel, het bloed dat wegvloeide met het water. Ze snuffelde aan zijn oren, zijn bek, die lekkere, vertrouwde geur die al aan het verdwijnen was. Ze had binnen een paar dagen tien dode honden gezien, terwijl ze een week eerder nog maar een puppy was geweest. Nu herkende ze de dood en wist ze dat haar minnaar er niet meer was, dat die hond daar in de rivier niet meer dan vlees en botten was, net als die andere honden. Ze keek om zich heen, niet wetend welke richting ze op zou gaan, en daarna verdween ze met hangende oren stroomafwaarts, naar waar ze vandaan waren gekomen.

Bosopzichter

'S Middags keken ze vanuit hun bed uit op de lichtreclame van het pompstation, een kunstmatige maan die, zodra het donker werd, opkwam boven het dal. Elisabetta lag op haar zij en keek naar de boomtakken die afstaken tegen dat elektrische geel, met achter haar Luigi, die haar streelde. De contouren van haar schouder, haar sleutelbeen, haar borsten. Haar borsten waren aan het veranderen. Ze werden met de week voller en hij had de indruk dat haar tepels steviger waren geworden. Hij streelde ze, onder de dekens.

Hij zei: Wat denk je? Kan ze ons horen als we bekvechten?

Natuurlijk kan ze ons horen, zei Elisabetta.

Wat hoort ze dan?

Ze hoort via mij. Ze vóelt het als het niet goed met me gaat.

En als we vrijen?

Jazeker. Dat ook.

Is ze blij als we het doen?

Nee, ze is jaloers.

Jaloers op haar vader!

Luigi liet zijn vingers langs haar ribben glijden, tot aan haar buik, die al een beetje dikker begon te worden. Het litteken boven haar navel, de zachte donshaartjes. Hij had het idee dat lichaam beter te kennen dan het zijne.

Hij zei: Zijn niet alle meisjes verliefd op hun vader?

Dat komt later pas. Als...

Als wat?

Als hun vader zijn best doet.

Aha.

Het is al donker... Hoe laat is het?

Tijd om te gaan.

Met tegenzin maakte Luigi zich los van het lichaam van zijn vrouw en draaide zich naar de andere kant. Hij keek op zijn horloge: kwart voor drie. Hij sloeg de dekens terug, ging op de rand van het bed zitten, zocht en vond zijn onderbroek en zijn sokken. Hij stond op, naakt, in het gelige licht, zijn borst bleek, zijn nek donker van de zon.

Hij liep naar de badkamer en draaide de wastafelkraan open. Hij nam een slok water en proefde de chloor die ze erin deden om het te ontsmetten. Dat was iets waar hij nooit aan had kunnen wennen. Toen hij weer terugkwam, in zijn ondergoed, lag Elisabetta niet meer op haar zij, maar was ze rechtop gaan zitten met het kussen in haar rug. Haar rode haar viel over haar schouders. Hij opende de kast waarin zijn uniformen hingen.

Ze zei: Waar je zin in hebt, naar buiten met deze kou.

Tja, of ik nou zin heb of niet...

Ben je thuis met het eten?

Denk het niet. Later vanavond heb ik afgesproken met mijn broer.

Hij trok zijn grijsgroene trui en broek aan, en daarna zijn jack, deed zijn riem om en zette hem vast op het gebruikelijke gaatje; hij was zwart, met aan de rechterkant de holster. Op de borstzak van zijn jack zat een embleem met daarop: POLITIEKORPS BOSBEHEER.

Zeg, zei ze, waarom breng je hem niet naar een hotel? Dan betalen wij het, wat zal het helemaal kosten in het laagseizoen?

Mijn broer in een hotel?

Ik wil je broer niet in huis. Sorry.

Jaja, ik weet het.

Agent Luigi Balma boog zich over naar zijn vrouw om haar gedag te zeggen. Nu streelde zij hém, wilde hem nog even bij zich houden. Ze fatsoeneerde zijn kraag en veegde wat stofjes van zijn schouder.

Kom je laat thuis?

Nee.

Beloof je me dat je niet te veel drinkt?

Hoe kan ik dat nou beloven? Ik zal het proberen.

Hij kuste haar. Haar kus was langer, de zijne korter. En daarna scheerde zijn schaduw over de lakens.

Bij de commandopost nam hij de Defender, verstelde de stoel en draaide het raampje open zodat de ijskoude lucht de cabine in kwam. Hij was die dag alleen, maar Luigi vond het fijn er in zijn eentje op uit te gaan. Dan hoefde hij geen geklets aan te horen en kon hij roken. Hij stak een sigaret op en sloeg de provinciale weg in. Het was een woensdag als alle andere en in de dorpen kruiste hij slechts een enkele auto; er waren meer cafés dan mensen, om vier uur 's middags al met hun ellebogen op de toog. De Sesia was, toen hij eroverheen reed, niet meer dan een donkere geul.

Na de brug werden de hellingen van het dal steiler. De herfst had inmiddels al zijn kleur verloren en in de beuken-, kastanje- en eikenbossen hoopten de dorre bladeren zich op. Hij keek omhoog en zag de boomskeletten boven de rood kleurende kammen van de drieduizenders. Een mooie zonsondergang, ook al zou dat beneden niemand opvallen. Beneden in het dal bleef de schoorsteenrook door thermische inversie tussen de schuren hangen, de vochtigheid maakte het asfalt glibberig en deed de voorruit beslaan, maar daarboven lagen de puinhellingen te stoven in de zon.

Hij sloeg links af een onverharde weg in die naar de rivier leidde. Tweehonderd meter modder en plassen. Hij reed het toegangshek door, hoorde het gegier van de lintzaag en stopte op een erf waar stapels planken onder afdaken lagen te drogen. Hij klom uit de terreinwagen en wachtte tot er iemand verscheen. Toen hij tussen de stapels planken door liep rook hij een bekende geur: hij zocht het hout waar die vanaf kwam en raakte het onwillekeurig even aan. De hars was nog vers.

Dat werd tijd, zei iemand.

Luigi draaide zich om. Een man van een jaar of vijftig in overall. Hij kwam naderbij met zware pas: de baas van het zooitje.

Ik heb al een tijd geleden gebeld, zei hij.

En daar zijn we dan, zei Luigi.

Alleen?

Tja, zo gaat dat, jachtseizoen.

De man keek naar de strepen op zijn borstzak. Misschien snapte hij wat hij zag, misschien ook niet. Ze hadden hem de laagste in rang gestuurd.

Wat een mooie alpenden, zei Luigi. Waar komt die vandaan?

Uit Oostenrijk. Dit hier is allemaal Oostenrijks spul.

Maar hij is wel op hoogte gegroeid. Smalle jaarringen.

Ik zou het niet weten.

Op hoogte, en in de zon.

Wilt u de vrachtbrief zien?

Nee, hoor. Laat me die hond maar zien.

De man ging hem voor door een schuur waar de machines nog stonden te draaien. De hars van de alpenden was aan zijn vingers blijven plakken, en terwijl hij over een tapijt van spaanders liep, rook hij eraan. Er waren twee mannen aan het werk die hem met hun blik volgden: handschoenen, gehoorkappen en veiligheidsbrillen, als voor een bezoek van de arbeidsinspectie. Als dat voor mij is, dacht hij, hadden jullie je dat toneelstukje kunnen besparen.

Ze verlieten de schuur aan de achterkant en daar lag tussen het houtafval een hond op de grond, op zijn rug, in een donkere vlek. Een Belgische herder zo te zien. Een zwart-bruine reu. De donkere plek om hem heen was het bloed dat uit zijn keel was gevloeid.

Wanneer heeft u hem gevonden? vroeg Luigi.

Vanochtend toen ik de boel hier opende.

Liet u hem 's nachts hier achter?

Ja, tuurlijk, als waakhond. Daar had ik hem voor.

Wat stelen ze hier zoal?

Van alles. Ook hout.

En hebben ze vannacht wat gestolen?

Nee. Volgens mij niet.

Luigi boog voorover en legde zijn hand op de snuit van de hond. Het was een jong beest, met mooie witte tanden. Een halsband van oud leer, die van andere honden vóór hem was geweest. Gestolde bloedkorsten in zijn nek. Hij zocht in de dikke vacht naar de wond.

Ze hebben hem gekeeld, hè? zei de man.

Zou kunnen.

Nou, ik weet wel wie dat gedaan heeft.

Nee, het was geen meswond. Hij was opengereten door tanden die bloeddorstiger waren dan de zijne. Op zoek naar andere beten tastte Luigi de schoften en de borst van de hond af, maar hij vond er geen. Van een gevecht was geen sprake geweest. Wel stuitte hij op twee gebroken ribben, de bult waar ze slecht waren geheeld. En een vingerdikke teek in een van de oksels. Hij keek om zich heen en zijn blik viel op de ketting, de vieze plastic bakjes en de uitwerpselen in het zaagsel.

Waakhond, hè? Heeft u hem zelf afgericht?

Zeker.

Met schoppen en slaan?

Hij nam de man van hoofd tot voeten op. Hij keek hem voor de eerste en enige keer in de ogen: gele, vijandige oogjes, en meer viel er niet te zien. Hij kwam weer overeind, bekeek zijn hand. Er zat nauwelijks bloed van de hond op.

Ligt de rivier daarachter? vroeg hij.

Het erf werd omsloten door een afrastering van overal verbogen kippengaas. Aan de andere kant van het kippengaas groeide door bramen en klimplanten overwoekerd struikgewas.

Goed geraden, zei de man.

Luigi wreef met een lap zijn hand schoon en maakte op de lintzaagbank de papieren in orde. Wat de man ook meende te weten, uiteindelijk ondertekende hij een aangifte tegen onbekenden. Daarna hielp een van de werklui hem de hond in een doek te wikkelen en in de Defender te leggen.

Zijn broer trof hij die avond in een café in Borgosesia, vlak bij het busstation. Ze hadden elkaar zeven jaar niet gezien: hij vond hem taniger, zijn haar was langer en hij had een hangsnor, maar met die snor was hij nog steeds mooi, dat was hij altijd geweest. Dezelfde vileine, door het roken een beetje morsige glimlach. Luigi vergat inmiddels vaak dat hij een uniform droeg.

Wat zie jij d'r uit! zei Fredo.

Hoezo?

Mijn broer de politieagent.

Hallo Fredo.

Kom hier, jij. Doe niet zo stug.

Zijn broer omhelsde hem, hijzelf hield zich zo stijf als een plank. De laatste keer had Alfredo, na een straf van achttien maanden te hebben uitgezeten, de wijk genomen naar Canada waar ze mensen zochten om in de bossen te werken. Hij leek nu inderdaad precies op een Canadese houthakker. Hij was het laatste stukje familie dat hem restte.

O jee, de gebroeders Balma gaan los, zei de barman. Moet ik de politie bellen?

De politie is er al, zei Alfredo.

Wat kan ik jullie inschenken?

Zeg, heb je zin in een lokale specialiteit?

Zeker, zei Luigi.

Twee biertjes en twee Canadian Club, als je dat hebt.

Canadian Club heb ik. Wil je er ijs in?

Nee, hoor. IJs heb ik te veel gezien.

Dus nu dronk hij whisky en bier; vroeger sloeg hij op één avond een hele fles likeur achterover. Hij praatte al met dikke tong en Luigi verdacht hem ervan dat hij zich die middag al had warmgelopen. Hijzelf had nog niet gegeten en de eerste slok whisky steeg hem direct naar het hoofd. Zijn keel brandde, en aha, dat was dus waar het bier voor diende: om de branderigheid af te blussen en je hand weer naar de Canadian Club te leiden.

Alfredo begon te vertellen over zijn werk aan het andere eind van de wereld. Kort geleden was hij gestopt met het omhakken van bomen en was hij begonnen ze per vrachtwagen te vervoeren, een stap omhoog in zijn carrière. Helemaal naar Vancouver, dát is pas een stad, zei hij. Hij had het over 'de kust' en bedoelde de kust van de Grote Oceaan. Hij reed van de bossen in de Rocky Mountains naar de industriehavens waar de stammen op schepen werden geladen, meestal met eindbestemming China.

China? zei Luigi.

Die kopen alles op.

Hebben ze dan geen bomen in China?

Weet ik veel. Je zou die schepen moeten zien.

Luigi was zo iemand die geneigd was te denken dat niemand tijdens zijn leven echt verandert, maar zeven jaar was lang. Zou je misschien een heel klein beetje kunnen veranderen in zeven jaar zo ver van huis? Hij nam een slok whisky en een slok bier, begon op stoom te komen, terwijl Alfredo het soort machines beschreef waarmee hele berghellingen werden kaalgeslagen. Niks kettingzagen: ze maaiden hele bossen weg alsof het korenvelden waren. En dan de wegen in British Columbia, met elke honderd kilometer een pompstation en daartussen niets anders dan meren en rivieren. Kijk hem nou, dacht Luigi: op zijn twaalfde hoedde hij geiten in Fontana Fredda, op zijn zevenentwintigste zat hij voor zware mishandeling in de gevangenis en op zijn vijfendertigste rijdt hij in vrachtwagens op en neer langs de Canadese kust. Alfredo's goede humeur had in een café in een donker dal in november iets weg van een hawaïshirt. Luigi merkte dat hij een zekere genegenheid voor hem koesterde, al had hij er geen vertrouwen in dat hij veranderd was.

En jij? zei Alfredo. Ging je niet iets doen met hout?

Ik heb het geprobeerd.

En toen?

En toen niks... De hypotheek, de belasting... je wordt gewoon bestolen.

Dus ben je maar overgestapt naar de dieven.

Ach man, hou je kop toch.

Grapje.

Echt leuk vind ik het niet, maar het is fijn om een salaris te hebben.

Vertel mij wat. Wat voor wapen heb je daar?

Een Beretta 92.

Ik heb er ook eentje in mijn vrachtwagen. Een Glock. Voor de beren.

Je meent het.

Gaat het goed met je vrouw?

Ja, best.

Mooi zo.

Er kwam mensen het café binnen, Luigi merkte dat

ze naar hen keken. Hij zag wat zij zagen: een geüniformeerde bosopzichter en een langharige snuiter, en vier lege glazen op de toog. Terwijl de barman het tweede rondje inschonk, zei Luigi tegen Alfredo dat hij zijn sigaretten uit de auto ging halen.

Aan de overkant van de straat was een telefooncel. Hij ging naar binnen, zocht naar een muntje en draaide het nummer van thuis. Elisabetta nam niet op. Een minuut lang hoorde Luigi de telefoon vruchteloos overgaan. Hij wist waarom ze niet opnam. Nu moest hij een slaapplek vinden voor zijn broer. Maar het was nog vroeg, nog niet eens negen uur. Hij stapte in zijn auto, niet de dienstauto, de Defender, maar zijn oude Suzuki, deed zijn jack uit en zijn riem af en trok zijn jagersjas aan die op de achterbank lag. Hij legde het pistool in het dashboardkastje, bekeek zichzelf nog even in het spiegeltje, wreef zich in de ogen in de felle binnenverlichting van de auto en stapte weer uit. Beloof je me dat je niet te veel drinkt? had ze gezegd. Ze had zijn hand gepakt en die op haar borst gelegd. Hij stelde zich voor hoe de telefoon rinkelde en hoe zij hem, gezeten in de keuken, rustig liet rinkelen.

Hij liep terug naar het café, waar Alfredo druk in gesprek was met de twee mannen die net waren binnengekomen. Bij Luigi gingen de alarmbellen rinkelen: zijn broer alleen aan de toog en die twee aan een tafeltje. Daarna zag hij dat de mannen met elkaar praatten, en dat Fredo alleen maar luisterde. Gezichten die hij herkende, maar waar hij geen namen op kon plakken.

De een zei: Vraag het maar aan hem, of het waar is of niet!

En de ander: Ach, hou toch op, man.

Luigi liep naar zijn net getapte biertje, waar het schuim langs droop. Alfredo leek het gesprek wel vermakelijk te vinden. Hij hielp hen uit de verlegenheid door te zeggen: Hoe zit dat met dat verhaal van die wolf die overal honden molt?

Wie zegt dat het een wolf is? vroeg Luigi.

Half wolf, half hond, zei een van de mannen.

Kroegpraat.

Nou, wat is het dan?

Een poema.

Alfredo barstte in lachen uit. Luigi verplaatste zijn kruk en ging tussen hem en de mannen in zitten. Een oude reflex.

Nou, cheffie, maak er maar grapjes over...

Het zal wel een hond zijn die daarvoor is afgericht.

Een vechthond? zei de ander.

Jij zegt het.

In de Valsesia?

Dat zou wat zijn.

Dit keer nam Luigi een flinke slok whisky. Nu

brandde zijn keel niet meer. Hij zocht naar zijn sigaretten en ging met zijn rug naar de twee toe zitten, die hen na een tijdje met rust lieten.

Hoe molt hij ze eigenlijk? fluisterde Alfredo.

Luigi haalde zijn duim langs zijn keel.

Zwerfhonden?

Nee, nee. Die van vandaag was een waakhond.

Tss...

Een mooi beest. Herdershonden, schapenhoeders.

Honden met een baas, dus.

Als je het zo wilt zien.

Híj wil het zo zien.

Hij wie?

Alfredo toverde zijn scheve glimlach tevoorschijn. Hij droeg een mouwloos spijkerjack en een dik shirt dat hij openknoopte. Hij boog zich over naar zijn broer, als om hem een geheim te onthullen, en ontblootte zijn linkerschouder: op zijn arm stond een wolvenkop getatoeëerd. Hij was flink gespierd, zag Luigi. Misschien deed hij aan gewichtheffen of had hij die spieren gekregen door het bomen omhakken. De snuit van de wolf liep door tot op de biceps, de ogen staarden je aan vanaf de deltaspier en de oren gingen deels schuil onder Fredo's hemd. Niet zo'n mottige, magere wolf die als een omzichtige dief in de Alpen rondwaarde, maar eentje uit het Hoge Noorden, met een dikke vacht en een fiere blik, die hem aanstaarde vanaf de arm van zijn broer.

Goh..., zei Luigi. Mooi gedaan.

Weet je wie hem heeft gezet?

Nee, wie?

Een indiaanse.

Hebben jullie indianen in Canada?

Nog een paar, ja.

En hij daar heeft het dus voorzien op honden met een baas?

Alfredo liet zijn arm weer in zijn mouw verdwijnen. Hij knoopte zijn shirt niet dicht, maar liet het openstaan, ging weer op zijn kruk zitten, wreef gedachteloos langs zijn bierpul en zei met geslepen blik: Wedden?

Wat?

Ik zeg dat het een wolf is.

Luigi dacht: dit gaat wel even duren. Hij rook weer de muffe lucht van de dode hond die de hele middag in de Defender had liggen stinken. Hij wilde een slok whisky nemen maar keek recht op de bodem van zijn glas.

Hij werd wakker op een doorgezakte divan, met een deken over zich heen, en het eerste wat hij rook was het brandende houtfornuis. Geur uit zijn kindertijd. Hij zag de oude koelkast, de gootsteen en het raam dat uitkeek op het bos; hij richtte zich op en zijn hoofd tolde als een scheepje op de golven. Ja, het was zijn vaders huis. Fontana Fredda. Ineens herinnerde hij zich weer het lumineuze idee dat de vorige nacht op een zeker moment in de alcoholroes boven was komen drijven en dat hem de perfecte oplossing had geleken. Op het houtfornuis stond de mokkapot en op de vloer zag je sporen van een muis. Ze hadden niets meer aangeraakt daarbinnen. De deken rook naar schimmel en die muis had er een gat in geknaagd, omdat hij verder niets eetbaars had gevonden. Wat een klote-idee, dacht hij. Zijn mond smaakte naar asbak en verschaald bier. Hij sleepte zich naar de badkamer om zichzelf een beetje op te kalefateren.

Buiten waren de novembervelden verzengd door de vorst. Slechts een vingerdikte sneeuw in de luwte van de stapelmuurtjes en op de bodem van de irrigatiekanalen. De wolken streken langs de bossen, vormden rafelige slierten tussen de bomen. Rond het huis meer hemel dan aarde.

Luigi zoog zijn longen vol lucht. Hij dronk een slok van zijn vaders koffie: na een jaar in een blik zat er nog steeds wat smaak aan. Hij zag de Suzuki staan en Alfredo die op de bank tegen de muur zat. Hij zag eruit alsof hij helemaal niet geslapen had. Met een deken om zich heen geslagen zat hij te roken en keek onderwijl naar de twee bomen naast het huis. Een lariks en een spar, respectievelijk zevenendertig en vijfendertig jaar oud: de ouwe had ze geplant toen zij geboren werden. Op 1800 meter hoogte waren ze langzaam gegroeid en nu kwamen ze net boven het dak uit.

Luigi liep naar hem toe, maar ging niet zitten. Te veel intimiteit de vorige nacht.

Alfredo hoestte. Hij spuugde een fluim uit en zei: Wil je vrouw me soms niet in huis hebben?

Je vergist je.

Jaja, 't zal eens niet.

Ze is zwanger.

Ja, dat zei je al.

Hij herinnerde zich niet dat hij hem dat verteld had. Diepe duisternis vanaf het tweede café. Hoe dan ook, Fredo dacht maar wat hij ervan denken wilde. Luigi nam een slok koffie en keek naar de lariks: rond de boom lagen de koperkleurige naalden die hij nog maar net had verloren. Hij groeide recht omhoog, had zich ontdaan van zijn onderste takken en zocht in de hoogte naar licht. De spar daarentegen zat vol donkere naalden, de stam ging schuil onder de kroon. De ouwe moest hebben nagedacht over de afstand die hij bij het planten had aangehouden: zo oud als ze nu waren, raakten de takken van de bomen elkaar net, en over een tijdje zouden ze met elkaar vervlochten zijn.

Luigi zei: De notaris is morgenochtend in Varallo.

Hè, jesses, zei Alfredo.

Misschien een idee dat ik daar vanavond een kamer voor je reserveer.

Zodat ik er niet vandoor ga.

Ja, precies.

Naar één ding ben ik wel nieuwsgierig.

Wat dan?

Kun je me uitleggen wat je met dit donkere hol gaat doen?

Luigi keek naar het huis. De zolder van holle bakstenen – niemand had ooit de moeite genomen die aan te strijken –, de scheve dakgoten, de golfplaten die de gaten in het dak afdekten. Zo was het altijd geweest, zolang hij zich kon heugen.

Betta en ik gaan hier wonen, zei hij.

In Fontana Fredda?

Met de komst van ons dochtertje hebben we een groter huis nodig. En zij is het zat beneden in het dal te wonen.

Wil ze hier wonen?

Moet je die lucht zien. Zit je hier niet beter dan beneden in het donker?

Het dal aan hun voeten lag nog helemaal in de schaduw. Er lag sneeuw op de graten in de verte en wolkenflarden vulden de couloirs. De geur van vuur en stal en droog hooi.

Je bent gek, zei Alfredo.

Misschien.

Een dochter, zei je?

Betta is ervan overtuigd.

Als zij het zegt.

Luigi liep naar binnen om zijn kopje weg te zetten, en de drie treetjes die hij daarvoor op moest maakten hem meteen weer zeeziek. Maar hij moest bij zijn positieven komen, want over niet al te lange tijd begon zijn dienst. Hij voelde in de zakken van zijn jasje en vond zijn portefeuille, een verfrommeld pakje sigaretten, wat kleingeld en zijn huissleutels, maar niet de sleutels van de Suzuki. Hij zocht de divan af, keek eronder en liep daarna beschaamd terug naar zijn broer.

De autosleutel?

Die zit in de auto.

Aha. Kom je mee?

Nee. Ik blijf hier nog even hangen.

Zeker weten?

Het huis is toch ook van mij? Of vergis ik me? Althans, vandaag nog.

En opnieuw was hij van het ene op het andere moment vertederd door Alfredo. Wie weet stond hij wel niet van die bank op omdat hij niet op zijn benen kon staan, maar hij moest en zou stoer doen.

Luigi zei: Als je iets wilt meenemen, ga je gang.

Zoals?

Weet ik veel, een aandenken.

Ik zou het in de hens zetten, dit huis.

Nou, doe dat maar niet. Zeker vandaag niet.

Hij stapte in de auto. De sleutel zat in het contact en hij dacht er maar liever niet over na wie van hen tweeën naar boven was gereden. Hij startte en zette de verwarming aan. Hij keek in het spiegeltje, checkte of zijn broer het niet zag, boog zich voorover en opende het dashboardkastje. Doordat hij voorover-boog kreeg hij kotsneigingen, maar het pistool lag er nog.

Toen hij bijna bij de commandopost was, hoorde hij de wieken van een helikopter; hij keek door de voorruit omhoog en zag hem door het dal vliegen. In de sling hing iets waarin hij meteen een dier meende te herkennen. Hij sloeg af bij het stoplicht, reed het parkeerterrein op en zag daar de adjunct-inspecteur die met zijn neus in de lucht naast de bemodderde pick-uptruck van een groepje jagers stond. De helikopter had de daling ingezet. Luigi zag hem tegen de hemel afsteken: de glanzende cockpit, de strak gespannen staalkabel en een groot hert dat aan zijn achterpoten hing, de voorpoten gestrekt vooruit, een wiegend gewei. Toen hij twintig meter boven de grond was, veegde de wind van de wieken de droge bladeren van het parkeerterrein. Met armgebaren hielp de adjunct de piloot om het hert precies boven de laadbak van de truck te manoeuvreren, en toen het zakte zag Luigi dat het al ontweid was. De buik lag open tot aan het borstbeen. De jagers duwden het beest met zijn kop naar een hoek van de laadbak, zijn gewei stak aan één kant over de rand. Ze koppelden de sling los, het dier zakte ineen en even later was de helikopter al een verre vlieg.

Daarna konden de jagers ontspannen en feestvieren. De gelukkige was de jongste van de drie, een babyface boven een camouflagepak, en degene die hem uitgelaten op de schouders sloeg was waarschijnlijk zijn vader. Luigi keek naar het gewei: de witte, door het bosleven afgesleten punten; hij telde er acht per kant. Een volledig uitgegroeid mannetje dat die ochtend bij zonsopgang nog burlde naar bronstige hindes en dat de man die hem op de korrel nam totaal niet had opgemerkt.

Het dagelijkse gedoe: weer een dode hond, en de analyses van het rivierwater waren binnen. Een hoeveelheid chemische oplosmiddelen waar zelfs stenen van zouden smelten vergiftigde de Sesia vér voordat die de lager gelegen rijstvelden bevloeide.

Op kantoor registreerde de adjunct het geschoten wild. Een van de jagers zei: Zeg, hebben jullie die hondenkiller nou al te pakken?

Nee, nog niet, zei Luigi.

Hoe denken jullie dat te gaan doen?

Misschien gaat hij wel naar een ander dal.

We zouden ploegen moeten vormen. Dan krijgen wij hem wel te pakken.

Met een helikopter zeker…

Hoho, chef, heeft u niet gezien hoe groot dat beest was? Of het moest zo, of we moesten hem in stukken snijden om hem beneden te krijgen.

En hoeveel heeft dat speeltje jullie gekost?

Niets.

Niets?

Een klant die me wat schuldig is.

Nou, die heeft wel een paar worstjes verdiend.

Het was een pakkende conversatie, maar de hoofdinspecteur onderbrak hen. Eigenlijk inspectrice, maar zo wilde ze niet genoemd worden. Ze zat er nu zes maanden en de ironische opmerkingen over het feit dat ze onder bevel stonden van een vrouw waren na een week verstomd. Ze verscheen in de deuropening en zei: Balma, kun je even komen?

Luigi ging met zijn tong langs zijn tandvlees, dat zanderig aanvoelde. Hij liep naar de kamer ernaast, waar een kaart van 1:25.000 uitgevouwen op het bureau van zijn chef lag. Eén blik volstond om Fontana Fredda te ontdekken: op de stafkaart stond het tracé ingetekend van de nieuwe skiliftinstallatie die ze in de lente zouden gaan aanleggen. Hij had het nog niet met eigen ogen gezien. Het complex omvatte een stoeltjeslift, een aankomst- en vertrekstation, een onderhoudsweg en drie skipistes. Er werd al tijden over gesproken, hogerop in het departement. Integraal Ontwikkelingsplan Toerisme. Maar vooralsnog waren het niet meer dan een paar door een landmeter getrokken lijnen.

Jij komt daar uit de buurt, hè? zei zijn chef.

Ik ben er geboren.

En ga je er nog wel 'ns heen?

Zo nu en dan op zondag.

Leg me dan 'ns uit wat voor bossen we hier hebben.

De inspecteur wees op het terrein waar de skilift doorheen liep. Landmeters hadden hem gepland, politici hadden voor het geld gezorgd, maar voor ontbossing moest je altijd nog langs bosopzichters. Luigi boog zich over de kaart. Hij kneep zijn ogen toe, en zijn chef zag dat.

Wil je deze? zei ze en reikte hem haar leesbril aan.

Luigi zette hem op. Hij voelde zich een idioot met dat ding op zijn neus. Maar hij zag de hoogtelijnen weer. Hij plantte zijn wijsvinger links van de stoeltjeslift en zei: Dit hier is het Bos van Fontana Fredda. Het is een gemengd, natuurlijk bos van sparren en lariksen. De oudste bomen zullen zo'n tweehonderd jaar oud zijn. En het is allemaal privébezit.

De eigenaars?

God mag het weten. Twintig verschillende erfgenamen die in Frankrijk en België wonen. Behalve als je een boom wilt omhakken, want dan duikt er altijd iemand op die *da's van mij* zegt.

Daarna wees hij naar het bos rechts van de stoeltjeslift, waar de hoofdpiste doorheen liep. Om toekomstige skiërs te behagen beschreef die twee wijde bochten. Hij zei: Dit hier is het Verbrande Bos. Er heeft daar aan het begin van de eeuw een brand gewoed. Het is eigendom van een consortium, na de brand hebben ze er weer lariksen geplant om er een graasbos van te maken, maar de laatste keren dat ik er heb zien grazen was ik nog een kind.

De hoofdinspecteur glimlachte. Waarschijnlijk stelde ze zich agent Balma voor als kind.

Wie noemt het het Verbrande Bos?

Tja... Misschien ben ik nog de enige.

Hoeveel inwoners heeft Fontana Fredda?

Zeven. Tenminste, als er vandaag niet iemand is gestorven.

Nou, er zal daarboven wel het een en ander veranderen.

Laten we het hopen.

Het was de kater die hem sentimenteel maakte. En ook die vrouw, met wie hij zich instinctief vertrouwd voelde. Hij wees het aankomststation van de stoeltjeslift aan, hoger op de kaart, vlak bij de bergstroom, en zei: Hier nam m'n vader me mee naartoe om vallen te zetten.

Vallen?

Strikken en klemmen.

Wat vingen jullie?

Vossen. Marters. Van alles.

Was hij een stroper?

Zoals iedereen. Met één vel konden we een week vooruit.

Je hebt die vallen niet meer, toch?

Nee, ik heb ze weggedaan.

Ik zal maar net doen of ik je geloof. En welk huis is het jouwe?

Dit hier, zei Luigi. Hij zette zijn wijsvinger op een stipje midden in de bergweiden. Daar lag het, hoog en afgezonderd, het huis van zijn vader. Zelfs in Fontana Fredda was het hem niet gelukt in de buurt van anderen te wonen; hij had zijn huis buiten het dorp gebouwd, precies aan de rand van de skipiste die er nog niet was.

Tegen enen, de tijd waarop de werklui al aan de koffie zaten en er alleen nog wat door het handgeschreven bord langs de provinciale weg aangetrokken vrachtwagenchauffeurs binnendruppelden, was hij bij restaurant La Croce Bianca. Vast menu – bord pasta, hoofdgerecht, bijgerecht en koffie – negenduizend lire. Dagschotels: polenta met reebout, tagliatelle met wildragout, forel in folie met aardappels. Het tafeltje bij het raam was vrij en daar ging hij zitten, ook al had hij geen honger, en anders zou die hem wel zijn vergaan omdat hij wist wat er in die forellen zat. Trouwens, de reeën hadden ook niet bepaald hun dorst op Mars gelest. Hij pakte wat brood uit het mandje, meer om iets te kauwen te hebben dan om iets anders, en keek naar het schaarse herfstverkeer dat langsreed. Hij probeerde te bedenken wat ze de afgelopen nacht hadden gedaan. Hij herinnerde zich verschillende cafés, en de wolf van zijn broer waar hij af en toe een stukje van zag, tot het moment dat Fredo zijn shirt maar helemaal had uitgetrokken en in zijn hemd zat. Waar hadden ze over gepraat? Over de dood van de ouwe, dat was zeker. Over hoe het gegaan was en hoe hij eruit had gezien en hoe ze hem hadden weggehaald. Alfredo wist niets van de skipiste en Luigi had er wijselijk over gezwegen. Nu vroeg hij zich af of hij hem belazerde. Nee, hij was hem niet aan het belazeren. Fredo was niet eens teruggekomen voor de begrafenis. Als hij hem had willen belazeren had hij hem lekker in Canada laten zitten en had hij het huis voor zichzelf gehouden, in plaats van hem vijf miljoen lire te bieden voor de helft van dat donkere hol. Geld dat zo uit de lucht kwam vallen, dat hij alleen maar hoefde te komen halen. Eerlijk voelde Luigi zich dan misschien niet, maar wel eerlijker dan hij had kúnnen zijn.

Bosbranden, ja, daar had hij het op een gegeven moment met hem over gehad. In Canada waren ook de bosbranden enorm in omvang. In de Valsesia daarentegen was alles klein, en hij volgde met zijn blik een tractor die vanaf de provinciale weg een landweggetje insloeg met een door een geweerschot doorboord bordje met VERBODEN TOEGANG.

Kijk eens wie we daar hebben! zei Elisabetta.

Hé, zei Luigi.

Hij vond haar verreweg het mooiste wat hij die dag had gezien. Zelfs met het Campari Soda-schort voor en met de bestelblocnote in haar hand. Hij strekte de zijne uit en streelde haar heup, heel lichtjes, want hij wist dat ze op haar werk geen geflikflooi wilde. Elisabetta beantwoordde zijn liefkozing niet.

Wat wil je hebben?

Wat voor aardappels zijn het?

Uit de oven.

Oké, dan aardappels.

Verder?

Een biertje.

Toe maar! Ontbijt voor kampioenen.

Ze schreef aardappels op haar blocnote en ruimde het andere couvert af. Hij volgde haar met zijn ogen terwijl ze zijn bestelling aan de keuken doorgaf, naar de bar liep om zijn bier te tappen en weer naar de keuken liep om zijn bord op te halen. Na een nacht met zijn broer kon hij gewoon niet geloven dat hij zo'n vrouw had. Elke keer dat ze langsliep keken de werklui recht door haar kleren heen.

Elisabetta serveerde hem zijn eten en ging tegenover hem zitten.

Ze zei: Zie ik je vanavond?

Luigi haalde zijn schouders op.

Tot morgen moet ik in de buurt van mijn broer blijven. Je weet hoe hij is.

Waar heb je 'm gelaten?

Fontana Fredda. Als hij tenminste niet al naar beneden is gelopen.

Hebben jullie daar geslapen?

Nou, geslapen...

Maar denk je dan helemaal niet aan mij? Dat ik ongerust ben?

Onwillekeurig was ze harder gaan praten en een enkeling keek hun kant op. Luigi deed er het zwijgen toe, schoof zijn hand naar het midden van het tafeltje en opende die, bij wijze van smeekbede. Ze keek er een beetje besluiteloos naar, zwichtte toen en legde haar hand in de zijne. Ze gaven elkaar een kneepje en daarna zei hij dat het hem speet en zij dat ze niet in staat was lang boos te blijven.

Heb je veel te doen vandaag?

De gewone dingen. Dode honden ophalen en verkeerscontrole.

Hij voelde dat ze wat harder kneep. Haar hand was een beetje bezweet, zoals altijd wanneer Elisabetta zich opwond.

Ze zei: Weet je, ik heb ze gezien.

Wie?

De honden.

Welke honden?

Het is niet één hond. Het zijn er twee.

Waar heb je die dan gezien?

Bij de rivier.

Bij de rivier?

Luigi ging rechtop zitten. Hij omklemde haar hand en was nu een en al oor.

Ze zei: Vanochtend werd ik opeens bang omdat je niet was thuisgekomen. Dus toen ben ik naar ons oude plekje gegaan. Daar ga ik heen als ik tot rust moet komen. Ik ben het water in gegaan en op een gegeven moment zag ik die twee honden, die naar me keken.

Luigi stelde zich zijn vrouw voor, zwanger, die het ijskoude, vervuilde water van de Sesia in ging. Hoelang deed ze dat al? Hij gaf de voorkeur aan een andere vraag, die hem eenvoudiger leek.

Hoe zagen die twee honden eruit?

De ene was een teefje. Kleiner, wit. De reu was groot en grijs. Het teefje had een halsband, hij niet.

Zou het een wolf kunnen zijn?

Ik weet het niet.

Vanuit de keuken klonk een belletje en Elisabetta draaide zich om. Ik kom eraan, zei ze. Ze liet Luigi's hand los.

Hoe bedoel je, ik weet het niet?

Ja, sorry hoor, maar hoe herken je een wolf?

Die herken je, geloof mij maar.

Maakt dat dan zoveel verschil?

En of dat verschil maakt.

Elisabetta dacht na. Ze probeerde het tafereel weer voor zich te zien, en onderwijl bedacht Luigi dat honden en wolven van oudsher niet samen optrekken. Bovendien zijn wolven 's nachts actief en honden overdag. Als tenminste niet alles inmiddels was omgedraaid, je had per slot ook vliegende herten.

Ik denk dat het een hond was, zei ze.

Mooi zo, zei hij.

Ik moet weer aan het werk.

Elisabetta stond op. Ze streek hem even liefdevol over zijn schouder. Luigi had een droge keel, maar hij wachtte tot hij alleen was voordat hij zijn glas oppakte. Dat hij vervolgens in één teug half leegdronk. Het bier kwam meteen op de plek terecht waar het nodig was.

Het was klein, zijn dal, en toch waren er plekken die hij nog nooit had gezien. Hij daalde af naar de rivier, liet de man voorgaan en nam het landschap in zich op. Populieren en berken, in een kom waar de Sesia, tussen door de stroom gevormde witte grindbanken, een bocht maakte. Nu het water laag stond, vertakte de rivier zich en vormde eilandjes en stranden. Hij bedacht dat hij Elisabetta daar tien jaar geleden mee naartoe zou hebben genomen om te zwemmen, maar er was een tijd in het leven voor zwemmen in een rivier, en die tijd was, God weet waarom, voorbij. Daarna kwam de tijd van kinderen, huizen die gekocht en verbouwd moesten worden, de voordelen van een vast inkomen. Hier en daar ging de oever schuil onder een sneeuwkorst, en toen Luigi achter de man aan liep, zag hij in de sneeuw het bloed van die dag.

De keel van de rottweiler lag open, net als bij de andere honden. Maar in tegenstelling tot de andere had deze teruggevochten, hij had duidelijke wonden op zijn schoften en zijn snuit. Ook zijn bek zat vol bloed, misschien het zijne, maar misschien ook niet: deze hond had zijn moordenaar wel degelijk kunnen verscheuren. De strijd had zich in een paar meter omgewoelde sneeuw afgespeeld. Kort en fel, tussen het murmelende water en de berken.

Luigi raapte de doorgebeten halsband op. Er was flink wat kracht voor nodig geweest om het leer kapot te krijgen.

Heeft u iets gezien? vroeg hij.

Nee, zei de man. We kwamen te laat.

Wat deden jullie hier, zo aan de wandel met dat beest?

Dat wat jullie niet doen.

De man had gehuild en Luigi wilde niet tegen hem uitvaren. Hij liet hem daar achter, met zijn dode hond, en volgde het spoor van de andere hond, dat doorliep in de sneeuw. Hij liep een tijdje stroomopwaarts en combineerde de aanwijzingen die hij onderweg verzamelde: het was een middelgrote hond, geen kolos. Hij bloedde en hinkte. Ze mochten de rottweiler wel bedanken: hij had weliswaar het loodje gelegd, maar dankzij hem was hun werk er eenvoudiger op geworden. Na een honderdtal meters voegden kleinere sporen zich bij de eerste, en Luigi dacht terug aan wat Elisabetta had verteld. Dat was het witte teefje. De sporen van het beestje volgden die van de reu en van het bloed dat hij verloor tot op het punt waar ze beide naar de andere oever waren gewaad. Luigi bleef staan en nam de situatie op.

Hogerop kwam de rivier steeds dieper te liggen, werd smaller en stroomde onstuimiger. De oevers werden steiler en boden niet veel vluchtwegen meer. Lastig, voor een gewond dier. Voor een goede jager zou het niet moeilijk zijn hem daar neer te knallen.

Toen hij de provinciale weg afreed zag hij een motor zonder kenteken voor een café geparkeerd staan. Zijn voet verplaatste zich als vanzelf naar het rempedaal. Het was de rood-witte Fantic, de trialmotor waar ze als jonge jongens mee door de velden scheurden en die al jaren ongebruikt in de stal van de ouwe stond. Ook hij had wel eens geprobeerd de carburateur schoon te maken en de bougie te vervangen, maar hij had als monteur nooit veel voorgesteld. Dat was Fredo's afdeling. Luigi had totaal geen zin, maar hij moest parkeren, uit zijn auto stappen, even diep ademhalen en dat klotecafé binnengaan.

Ha! De brave broer, zei iemand.

En iemand anders: Ik zei je toch dat hij zou komen.

Hij zag de kerel die ze Johnny noemden aan de toog staan, leunend op zijn ellebogen. Naast hem niemand minder dan Leisteen René. En Alfredo sloot de rij, achter een glas Baileys: hij had zijn fysiek mee, zijn broer, dat moest hij toegeven. Om vier uur 's middags zat hij nog niet in zijn onderhemd, maar hij liep wel rond met een bijl aan zijn riem.

Je hebt de Fantic nieuw leven ingeblazen, zei hij.

Je zei zelf dat ik er 'ns naar moest kijken.

Ja, maar je rijdt zonder kenteken.

Tot morgen maar. Dan gaan we toch naar de notaris?

Alfredo gaf hem een knipoogje, en zijn twee gabbers grijnsden. Iemand maakte een snedige opmerking die Luigi veinsde niet te horen.

Hij zei: Kom je even mee? Dan hebben we het erover.

Mij best.

Hij nam hem mee naar de achteringang, een deur met een vliegengordijn. Ze kwamen uit op een boerenerf: aan de voorgevel van de kroeg hingen het uithangbord van een Ierse pub en het Guinness-logo, aan de achterkant stonden een kippenhok, twee zakken voer en de oude buitenplee, die nog dienstdeed als wc voor de cafébezoekers.

Kun je je nou niet een páár dagen gedeisd houden? zei Luigi. Wat moet dat met die bijl?

Ik ben eraan gehecht, zei Alfredo.

Je kunt zo niet rondlopen. Je krijgt gedonder.

Dacht je dat ik het niet te weten zou komen, van die piste?

Welke piste?

Je weet heel goed welke.

Hebben zij je dat verteld?

De brave broer!

Alfredo barstte in lachen uit. Luigi merkte dat zijn hart als een razende tekeerging. Hij zou een bijzonder slechte pokerspeler zijn, niet in staat tot bluffen. Hij zocht naar zijn sigaretten, tikte het pakje tegen de rug van zijn hand waarna er twee uit tevoorschijn kwamen.

Alfredo pakte er een en stak hem tussen zijn lippen. Hij genoot van dat revanchemoment, van het schaamrood op het gezicht van zijn broer. Toen zei hij: Het kan me geen bal schelen, je mag het huis houden. Je verdient het. Ik vind het alleen niet fijn dat je leugens vertelt.

Wat voor leugens heb ik je dan verteld?

Wat wil je er écht mee doen? Een cafeetje aan de piste? Of verkoop je het meteen door?

Ik verkoop het niet. Betta en ik gaan er wonen.

En dan?

Weet ik nog niet.

Ach, kom toch, ik heb je wel door. Een mooi café aan de piste. Je settelt je gewoon.

Luigi gaf hem een vuurtje en keek ondertussen naar zijn gezicht. Fredo's voorhoofd glom in het licht van de brandende aansteker en zijn pupillen waren verwijd. God weet hoelang hij al aan het innemen was, hij had waarschijnlijk sinds de avond daarvoor doorgedronken. Of misschien al sinds de avond dáárvoor.

Je hebt je oude makkers teruggevonden, zei Luigi.

Degenen die niet dood zijn, tenminste.

Plannen voor vanavond?

En nog steeds maak jij je zorgen. Ik kom heus wel naar je notaris hoor, maak je maar niet druk.

Wil je dat ik je naar een hotel breng?

Nee.

Ze rookten. Agent Balma voelde zich volstrekt machteloos. Vier uur 's middags, zijn broer die al twee dagen dronken was, een nieuwe, invallende novembernacht. Een deel van hem wilde alleen nog maar zijn uniform uittrekken en bij die drie aan de toog gaan zitten.

Weet je wat ik nu wél zou willen? zei Alfredo.

Nee, wat?

Een dikke knuffel van mijn broer. Of met hem op de vuist gaan. Jij mag kiezen. Als het maar echt is.

Fredo keek hem strak aan met die drankogen van hem. Verwilderde ogen, maar niet gemeen. Ogen van een man die eerlijker was dat hijzelf. Gelukkig kwam er op dat moment een kerel naar buiten om te plassen en kon Luigi zijn blik afwenden.

Die avond had hij een echte politieklus: samen met de adjunct posten bij de tolpoort van Romagnano. Niet slecht voor iemand die zelf de hele nacht dronken had rondgereden. Maar ze waren bij de afrit van de snelweg niet op zoek naar beschonken bestuurders, ze waren op zoek naar het chemische afval waarmee de rivier werd vergiftigd: het moest toch érgens vandaan komen, tenzij het uit de lucht kwam vallen.

Een vrachtwagen met inert bouwafval reed door de tolpoort en de adjunct stak zijn stopbord omhoog.

Hij remde piepend, schakelde en kwam als een gedweeë dikhuid achter de Defender tot stilstand. Hij was afkomstig uit de provincie Milaan en was op weg naar de stort. Zo hielden ze er verscheidene staande: in de stad werden fabrieken gesloopt en in de dalen arriveerden tonnen puin dat verwerkt moest worden. Terwijl de adjunct de vrachtbrief controleerde, klom Luigi via de zijkant op de laadbak. Hij knipte zijn zaklamp aan, stak hem in zijn mond en bescheen de lading. Cement, bakstenen en beton voor zover hij kon zien, alles vergruisd tot een grijs mengsel, samen met de stoffen die er gedurende tientallen jaren van gebruik door waren geabsorbeerd. Hij trok handschoenen aan en vulde drie plastic zakjes, die hij later van een etiket zou voorzien en naar het laboratorium zou opsturen. Het puin daarentegen belandde in het dal, in uitgeputte en tot stortplaats getransformeerde groeves: het grind en het zand keerden terug naar waar ze vandaan waren gekomen, alleen wat vuiler dan voorheen, net als de werkloze arbeiders achter hun glaasjes. Luigi sprong van de laadbak af, borg de monsters op, en ze lieten de arme chauffeur gaan, die omviel van de slaap.

Om zeven uur kraakte de radio van de Defender, en de adjunct antwoordde. Het was de politie van Alagna, die om assistentie vroeg. Daar, boven in het dal, lag een zwaargewonde man met ingeslagen schedel op een cafévloer. Hij leefde, nog wel althans, en zou met loeiende sirenes worden afgevoerd. Hij was aangevallen door een man van een jaar of veertig, identiteit onbekend, die ze er op een motorfiets vandoor hadden zien gaan.

Hoelang is hij al weg? vroeg de adjunct.

Ongeveer een kwartier, zei de radio.

Kenteken?

Geen kenteken. Het is een rood-witte crossmotor.

Waarmee heeft hij hem aangevallen?

Met een bijl.

Och Jezus, dacht Luigi.

Hij ging achter het stuur zitten, er hoefde niet te worden overlegd: hij reed weg bij de tolpoort, zette zijn zwaailicht aan en draaide de provinciale weg op, die op die plek dwars door de vlakte voerde. Op het rechte stuk accelereerde hij naar negentig kilometer per uur. Het was zestig kilometer naar Alagna en hij kende elke kilometer: het was minder dan de helft naar Varallo dus hij zou daar eerder zijn dan die motor. In Varallo vertakte de weg zich in te veel richtingen om te kunnen uitmaken welke kant hij zou zijn opgegaan. Maar vanaf daar liep er maar één weg verder omhoog en die liep dood: met een enkele controlepost kon je daar het hele dal in de gaten houden.

Met een bijl, zei de adjunct, dat ontbrak er nog maar aan.

Had je hier vroeger moeten zijn!

O ja? Wat is dat dan? Een oud folkloristisch gebruik?

Zoiets.

Hard rijden dwong hem tot eenvoudige gedachten. Een paar koplampen laten passeren, naar de linkerweghelft gaan, een vrachtwagen inhalen, weer invoegen. Checken of ze verderop stopten voor het stoplicht en zelf hard doorrijden. Serravalle, Borgosesia, de brug over de rivier. En ondertussen: laat hem niet doodgaan, laat hem niet doodgaan. Poging tot moord is geen moord. Als hij hem geen klap met het scherp van de snede heeft verkocht kan het ook doorgaan voor zware mishandeling. Fredo wist met een bijl om te gaan. Als hij hem had willen vermoorden, zou hij hem hebben vermoord.

De Fantic reed hem zonder licht tegemoet, de koplamp was al jaren geleden doorgebrand. Op het donkere stuk vlak voor Varallo stoof hij als een spotgeest langs hem. Het gezicht van zijn broer werd even verlicht: net lang genoeg voor zijn ogen om het beeld naar zijn hersenen te zenden. Zijn voet trapte op de rem en zijn arm trok aan het stuur.

Is dat 'm? zei de adjunct, hangend aan de handgreep. Luigi antwoordde niet eens. Hij reed de berm in, draaide linksom en kwam hobbelend weer op de weg terecht, in tegengestelde richting. Het had even gekost en hij moest twee- à driehonderd meter zien in te halen.

Ja, nu waren ze echt broers. Fredo voorop, over het stuur gebogen, haren in de wind, en Luigi met zijn voet op het gaspedaal, met zwaailicht. Dwars door hun dal, over een weg die ze kenden als hun broekzak. Je wilde iets echts? Nou, alsjeblieft.

Zolang er bochten waren redde de Fantic het, maar toen het dal vlakker werd won de Defender terrein. Die ouwe brik haalde de honderd per uur niet. Nu had hij hem in de lichtbundel van zijn koplampen, hij kon Alfredo's rug zien, en toen Alfredo het blauwe zwaailicht in zijn nek voelde, besloot hij van strategie te veranderen en zwenkte bij de eerste de beste wegverbreding plotseling naar rechts. Luigi volgde hem over een parkeerplaats voor vrachtwagens en daarna over een onverhard weggetje tussen twee loodsen door. Eenmaal voorbij de loodsen reden ze de duisternis in, midden tussen de velden.

Hoe kan hij in godsnaam sturen in het donker? hoorde hij de adjunct vragen.

Hij is zo dronken dat hij kan zien, dacht hij, maar hij zei het niet.

Het weggetje eindigde bij de rand van het struikgewas, ze waren weer bij het kreupelhout dat langs de rivier groeide. Het werd een pad waar Alfredo kon doorrijden, maar Luigi moest stoppen. Links en rechts lagen de velden, vóór hen die bosschages. Einde van de rit.

Verdomme, zei de adjunct.

Maar in wezen was dit het voorwendsel waar Luigi op wachtte om hem te laten ontsnappen. Hij deed zijn groot licht aan en kon zijn broer nog net tussen de bomen zien verdwijnen. Dag Fredo. Hij realiseerde zich dat het de laatste keer was dat hij hem zou zien, daarna schakelde hij in zijn achteruit om naar de controlepost terug te keren.

Hij zat die avond weer achter bier met whisky toen hij zich de branden herinnerde waarover Alfredo hem had verteld. In God weet welk café in het dal, of misschien wel in de auto, inmiddels de dronkenschap voorbij, ergens volkomen lucide in het hier en nu, maar wel in een andere dimensie. Dat was de plek waar je in het donker kon rijden. En terwijl zijn broer vertelde, zag hij het: hij zag het Canadese woud in lichterlaaie, zag het de hele lange herfst branden, tot de sneeuw kwam en het vuur bedekte. Overvloedige sneeuw, van november tot april. Een zes maanden lange winter, daar in het Hoge Noorden. En toch verstikte al die sneeuw het alleen maar zonder het te doven, had Fredo gezegd, en weet je waarom? Omdat het vuur tot zo diep in de grond was doorgedrongen dat het terrein zelf was ontbrand: de twee à drie meter onder het bos liggende humuslaag van veen, bladeren en rottend hout was onder de as tot houtskool geworden. Sluimerend, maar niet helemaal gedoofd. Luigi zag die laag heel langzaam pulseren; en de staat waarin hij verkeerde maakte dat hij zelf het woud werd, het vuur zat in hemzelf, de sneeuw was zijn huwelijk. Het was de blanke huid van Elisabetta en de rust die ze hem schonk. Daarna vertelde zijn broer hem over de dooi, die daar in het noorden van Canada pas ver in mei inzette. Dan verscheen de houtskool aan de oppervlakte, zwart, vochtig, ogenschijnlijk dood. Maar die was niet dood: op zekere dag stak namelijk de lentewind op. Pffff... deed Fredo, hij blies en zette daarmee alles in de fik.

De wintermaanden doorkomen

Mijn broer is gaan werken en heeft me achtergelaten in het huis waar mijn vader zich een jaar geleden van kant heeft gemaakt. Ik was er niet, toen. Ik was in de bossen van British Columbia zes dagen per week bomen aan het neerhalen. Op een zondag kom ik terug in de stad en word ik gebeld door mijn broer, hij was al een tijdje naar me op zoek: hij zegt dat pa zich met zijn geweer door het hoofd heeft geschoten, met zijn beroemde kaliber 12 – dat was nadat ze in het ziekenhuis hadden ontdekt dat hij kanker had in een of ander vitaal orgaan. Zijn lever, geloof ik. Of misschien zijn alvleesklier, ik weet het niet meer. Hoe dan ook, ik stelde me een ogenblik voor hoe dat eruit moet hebben gezien. Ik stelde me pa voor die het geweer pakte, het laadde, het omdraaide en onder zijn kin plaatste. Waar is het gebeurd? vroeg ik. In het veld voor het huis, zei mijn broer. Heb jij hem gevonden? Nee, zei hij, mijn vrouw. We hebben hem gisteren begraven, ik probeer je al vier dagen te bellen.

Een jaar geleden ben ik niet teruggegaan, want dat had toch geen zin meer, maar vanaf dat moment begon mijn broer me te bellen, alsof hij zich opeens had herinnerd dat hij de oudste was. Hoe gaat het? vroeg hij dan. Geweldig, zei ik. En vervolgens een minuut stilte tussen de Valsesia en British Columbia, net zo lang als de oceaan die ertussen ligt breed is. Totdat eindelijk het hoge woord eruit kwam en hij me voorstelde om mijn helft van dit huis te kopen, waarvan ik niet eens het idee had dat het iets waard zou kunnen zijn. Vijf miljoen lire, op de kop af, minus de prijs van het vliegticket, voor een vakantie in het dal en een handtekening bij de notaris.

Hier in de tuin staan de twee bomen die pa heeft geplant toen wij werden geboren. Alle twee in de herfst, in '57 en '59. De herfst was waarschijnlijk een goed moment om kinderen te krijgen en is dat zeker om bomen te verplanten, want dan eindigt het groeiseizoen en is het niet zo'n kloteklus om ze uit de grond te trekken. Dan slapen ze, op hun manier, en dan hebben ze de hele winter om bij te komen, en als het sneeuwt is het nog beter, dan is het of ze onder de dekens liggen. Deo volente ontwaken ze weer in het voorjaar en beginnen ze water op te zuigen met hun wortels, nieuwe bladeren te krijgen en te acclimatiseren op de plek waar ze niet zijn geboren, maar waar ze nu verder moeten leven. Wat ik niet weet, en wat ik nooit aan pa heb gevraagd, is waarom hij toen een lariks voor mijn broer heeft uitgekozen en een spar voor mij. We waren nog te klein om iets aan ons te kunnen zien, en dus ging hij misschien gewoon maar op zijn gevoel af. Of wie weet was het bedoeld als een zegening. Jij, lariks, bent voorbestemd om naar de zon te groeien, om lang, hard en fragiel te worden en te wuiven in de wind. Jij, spar, zult daarentegen in de schaduw opgroeien, maar sterk en resistent zijn, ook ’s winters beschermd door je naalden, bestand tegen vorst. Die spar ben ik.

Mijn broer heeft het geweer vast en zeker al ingepikt, en dus dwaal ik in dit kot rond op zoek naar iets te drinken. Beneden in de kelder is er geen druppel meer te vinden, alleen nog wat uitgelopen aardappels. Ik open de keukenkast, de koelkast, de aanrechtkastjes, totdat ik in een pan een halfvolle fles grappa vind. Voor wie verstopte pa die? Ik spoel een stoffig kopje af in de gootsteen, schenk er koffie in en voeg er een scheutje drank aan toe, maar ik ruik geen alcohol, alsof de grappa niet erg sterk is. Ik ruik aan de fles, neem een slokje, ja, het is het echte spul, maar de alcohol lijkt vervlogen, of misschien is hij aangelengd. Ik giet nog een flinke scheut in de koffie. Het wordt een straf bakkie en dat kan ik vanochtend goed gebruiken. Ik gooi een blok in het houtfornuis en vraag me af wie het heeft gekloofd: ligt het hier al een jaar of komt mijn broer het hier af en toe warm stoken? En de aardappels? Ik denk aan pa die op aardappels schiet, vlak voordat hij zichzelf een kogel door zijn kop jaagt. Het moet in dezelfde periode zijn geweest.

Ik kijk naar buiten, door de zon begint de rijp op het veld te smelten. Ook herinneringen vervagen mettertijd: nu hij er niet meer is, ben ik van alles vergeten en herinner ik me hem alleen als een treurige man. Pa werd samen met deze plek steeds treuriger. In Canada herken je de huizen van de indianen aan de kapotte auto's in de tuin, een caravan waarin iemand zich gaat bezatten, oude autobanden, een stuk of wat vieze kinderen. Het waren ooit wolven en het zijn nu zwerfhonden geworden. Niets kun je ze geven in ruil voor wat ze zijn kwijtgeraakt, noch reservaten die zo groot zijn als de Valsesia, noch een onbeperkte jachtvergunning – iets in hen is voorgoed dood. Pa was net zo: de mensen trokken weg uit Fontana Fredda en hij was degene die in de steek werd gelaten, zijn hart was deels vergrendeld en verkild, onkruid woekerde op de braakliggende velden van zijn geest.

Ik schenk nog een kop koffie met grappa in en loop buitenom naar de stal. Daar vind ik vossenklemmen en de sneeuwschoenen die we droegen wanneer we ze gingen zetten. De balenpers die pa kon vervloeken en de kapotte koelkast waarin hij schroeven en spijkers bewaarde. Ik vind ook de motorzaag, nog altijd de oude Stihl: alleen is een muis erin geslaagd de dop van het reservoir kapot te knagen en erin te vallen, met fatale afloop. Aangetrokken door de olielucht en verzopen in de benzine. Dus pak ik een van de bijlen die aan de muur hangen, eigenlijk is het ook wel goed. Ik ga weer naar buiten, zet mijn kopje op het hakblok, spuug in mijn handpalmen en begin erop los te hakken.

Terwijl ik me uitleef, heb ik niet in de gaten dat er iemand aan komt; het is de oude Gemma die langsloopt met haar mestkruiwagen.

Alfredo, zegt ze, en ik stop even. Ik kijk haar aan. Ze zet de kruiwagen neer. Ben je terug?

Alleen vandaag, Gemma, zeg ik.

Wat doe je daar?

Brandhout voor de winter.

Je vader heeft die boom daar neergezet.

Ik geef geen antwoord meer en ga gewoon door. Het is trouwens helemaal geen dikke stam. Vijfendertig jaar, vijfendertig jaarringen, dunne jaren en dikke jaren, rampspoed en voorspoed. Ik kom op stoom, krijg het warm, het hout is zacht en de snede is scherp. Na een paar minuten geef ik de boom de genadeklap. Gemma staat nog te kijken als de spar overhelt en omvalt, waarbij hij niet eens zoveel lawaai maakt.

Om niet te eindigen als die muis heb ik pa op mijn zestiende in de steek gelaten en ben in de bouw gaan werken. Eerst als knecht, daarna ontmoette ik René, die me leerde hoe ik leien daken moest leggen. *Piode* worden leistenen bij ons genoemd. Tegenwoordig bakken mensen er hun biefstukken op, maar ooit lagen ze op de daken van onze huizen. En hier vallen de traditionele huizen onder beschermd dorpsgezicht, dus we waren van werk verzekerd. Piode moeten van tijd tot tijd worden vervangen. Niemand weet meer hoe dat moet. Het is een splijtsteen, dat wil zeggen dat hij splijt in lagen, en hoe dunner en lichter de lagen zijn – en dat is nodig als ze op een dak liggen – des te fragieler zijn ze, ze breken zo doormidden. Met René bracht ik acht maanden per jaar op daken door, halfnaakt, in de brandende zon. Van maart tot november zo ongeveer. Ik assisteerde hem en intussen leerde ik hoe je de steen moest kiezen, hoe je die met een hamer moest modelleren, hoe je er gaten in moest boren voor de spijkers, en dat alles zonder dat hij aan gruzelementen ging. Het was een vak waar ik van hield, maar daarna kwamen die andere vier maanden, die op de begane grond. René had zo zijn eigen manieren om de wintermaanden door te komen, voornamelijk de jacht en het café. En ik deed hem dat braaf na.

Ik daal af naar het dal, net zoals ik toen elke ochtend deed. Ik heb de bijl aan mijn riem gehangen en heb de motor die ik toen gebruikte weer aan de praat gekregen. Toen ik twintig was namen de juten het niet zo nauw met nummerplaten: ik was een arbeider die naar zijn werk ging. Maar nu ben ik een emigrant die naar huis is teruggekomen en stop ik bij de Sporting, ook al is het november: op het tennisveld ligt een plastic zeil en midden op het zeil weerspiegelt een grote plas de lucht.

Het is vermoedelijk nog geen tien uur 's ochtends, maar wie tref ik daar aan de toog met een witte wijn voor zijn neus? Het lijkt wel gisteren.

Hé Fredo, zegt René, hebben ze je vrijgelaten?

Zo, het meubilair is nog steeds hetzelfde, zeg ik.

Wat heb je daar nou hangen, voor zo'n geval heb je een wapenvergunning nodig.

Voor het jóuwe anders.

We proosten op onze vriendschap, en zoals dat gaat in deze contreien zijn we binnen de kortste keren niet langer met z'n tweeën, maar met z'n drieën, en van drie worden het er vier. De derde ken ik niet. Met de vierde, die Johnny wordt genoemd, ben ik in '85 met kerst in de cel beland. Op een avond hadden we een discotheek kort en klein geslagen, en een paar toeristen toegetakeld met stoelen, Milanezen die hierheen waren gekomen om te skiën en vervolgens hun vakantie in het ziekenhuis hebben doorgebracht.

We vonden ze onuitstaanbaar, of misschien had het ook wel iets met meisjes te maken, God mag het weten. We werden ingerekend. Toen ik de agent midden in de nacht probeerde uit te leggen waarom ik het had gedaan, zei ik hem dat zij uit Milaan kwamen en ik uit Fontana Fredda, een dorpje van twintig zielen op 1800 meter hoogte, en zo kreeg ik de bijnaam waar ik niet meer van afkom.

Daar heb je Achttienhonderd! zegt hij.

Hoi Johnny, zeg ik.

Allemaal aan het werk, hè?

Tja, iemand moet het doen, zegt René.

Johnny drinkt er eentje met ons mee en begint intussen te smoezen over een of andere drijfjacht, laten we het zo maar noemen, waarover hij heeft horen praten. Schijnbaar uitgerekend gepland voor vanochtend vroeg, niet ver hiervandaan. Hij zegt het niet met zoveel woorden en ik weet niet wie hij besodemietert, wat doorgaans betekent dat jíj degene bent die besodemieterd wordt. Dan herinner ik me de dode honden en snap ik waar het over gaat. Ik vraag: Waar jagen ze op, Johnny? Op wolven?

Of op honden, zegt degene wiens naam ik niet heb verstaan.

En opeens zitten we tien minuten later alle vier in iemands pick-up, op weg ergens heen. Het is een grijze, opwindende dag. Een typische herfstochtend in mijn dal.

Voorbij hotel Fior di Roccia verlaten we de provinciale weg en slaan een onverharde weg in die omlaagloopt. Ik begrijp waar we heen gaan, en als ik in de verte het water zie, krijg ik het te kwaad. Als je gewend bent aan Canadese rivieren, als je bomen hebt geveld langs de Fraser of op zalm hebt gevist in de Kootenai, dan is het terugzien van de Sesia na zeven jaar vertederend, het is een kinderbeekje. Terwijl we stroomopwaarts rijden herinner ik me de keren dat pa ons hier mee naartoe nam om illegaal forellen te vangen. Hij stopte een stuk carbid in een blik, van dat spul dat vroeger werd gebruikt in acetyleenlampen, maakte een gat in het deksel en gooide het in een diepe poel. Als het carbid in aanraking kwam met het water, kwam er acetyleen vrij en ontplofte het blik. Pa deed het niet voor de sport, want vervolgens stuurde hij ons naar restaurants in de omgeving om de forellen te verkopen, en daar kochten ze die maar al te graag. Zoals ze ook een gems of een steenbok kochten, de zeldzame keren dat hij er een te pakken kreeg.

Vandaag staat het water heel laag, als we erdoorheen naar de overkant rijden komt het amper tot de laadbak. Ik kijk ernaar, op zoek naar een flits, een schaduw die wegschiet. Als ik een forel was, zou ik in het donkerste, diepste gedeelte blijven zitten. We volgen een bandenspoor, worden nog een tijdje heen en weer geschud, totdat we tussen het gebladerte twee jeeps zien staan en ook wij uitstappen. Het terugzien van de rivier heeft me weemoedig gestemd.

Johnny en de andere man gaan te voet verder, op zoek naar de jagers. Ik zeg dat ik op de auto blijf passen, René heeft geen zin in lang lopen, en als de twee mannen zijn vertrokken rommelt hij in de laadbak, maakt een doos van de wijncoöperatie open, haalt er een fles uit en vist uit het gereedschap onder de stoel een schroevendraaier tevoorschijn. Ik zie dat het een beproefde methode van hem is.

Gaat het niet sneller als je zorgt dat je een kurkentrekker bij je hebt? vraag ik.

Dat vergeet ik altijd, zegt hij.

Het waait bij de rivier en ik krijg zin om een vuurtje te stoken. Bij de auto's ligt een verdorde berk. Ik pak de bijl van mijn riem, hak er takken en twijgen af en stapel ze op tegen de stam, op het zand. Ik hoor René de fles ontkurken. Met de bijl als beitel pel ik de witte bast van de berk, die in dunne krullen op de grond valt. Ik raap er een handje van op, schuif die onder de twijgen en houd mijn aansteker erbij. Er stijgt een sliertje rook op, een vlammetje. Dan beginnen de twijgen te knetteren; René komt erbij staan en reikt me de fles aan.

Zeg, hoe is dat Canada nou? vraagt hij.

Te groot, zeg ik.

Heb je een vrouw?

Kom op, zeg.

Zijn er dan geen meisjes in Canada?

Niet veel. Als je echt omhoogzit, ga je naar de stad.

Het is ook overal hetzelfde.

Ik neem een flinke slok Gattinara, voel hem omlaagglijden en mijn maag verwarmen, en ik kijk naar het vuur dat oplaait. Nee, het is niet overal hetzelfde. Ik zeg: Op een dag wilde ik zien waar Canada ophield. Ik heb een matras in mijn laadbak gelegd en ben noordwaarts gaan rijden. Zo reis je daar namelijk.

Gaaf, zegt René.

Ik nam een weg die de Klondike Highway heet. Tweeduizend-zoveel kilometer tot aan Dawson City. Alleen maar meren, bossen, beren en elanden die je, als je langsrijdt, geen blik waardig keuren.

Ligt Klondike niet in Alaska?

Nee, in Canada. Maar bij Dawson is het bepaald nog niet afgelopen, daar begint een volgende weg, de Dempster. Helemaal onverhard. Nog eens zevenhonderd kilometer gaten en modder richting het noorden. Halverwege ga je de poolcirkel over.

Zevenhonderd kilometer onverhard? zegt René.

Ja, echt.

En hoe is de poolcirkel?

Het is daar toendra. Dat is geen echt bos, alleen van die dwergboompjes. Mos. Weidse valleien en tankstations. Als je bij een rivier komt, wacht je op de veerboot die je naar de overkant brengt.

Ik geef hem de fles terug. René neemt een slok zonder zijn blik van me af te wenden. Hij wil weten waar Canada ophoudt.

En aan het einde van die weg, weet je wat daar ligt? Een stadje. Inuvik heet het. Je kunt je niet voorstellen dat daar iemand woont. De huizen zijn op de permafrost gebouwde paalwoningen. En ervoor ligt de Noordelijke IJszee, met midden in zee geplante boorplatforms.

Paalwoningen?

Ja. Het postkantoor staat op palen, de kerk staat op palen en het café staat op palen. Ik heb er wat gedronken. Het einde van Canada.

René zegt niets meer, misschien omdat hij het zich probeert voor te stellen. Of wellicht tracht hij zich te herinneren wat het verste is waar hij ooit is geweest: Ibiza, geloof ik. We drinken om beurten. Ik denk terug aan de dagen op de Dempster, waar het nooit donker werd. Het was zomer – ook al is het daar zomer bij wijze van spreken – en in het noorden zakte de zon in een oneindige zonsondergang: ze bleef urenlang boven de horizon hangen. Totdat het een zonsopgang werd en de zon weer steeg. Ik heb een nacht in de laadbak van de pick-up in mijn slaapzak naar de hemel liggen kijken, en nooit heb ik zo sterk als die keer beseft: deze wereld trekt zich echt helemaal niets van ons aan. En van mij al helemaal niet.

René drinkt en staart in het vuur. Ik zie iets bewegen langs de rivier.

Ze hebben hem niet te pakken gekregen, zeg ik.

Hè? zegt hij, opschrikkend.

De wolf. Ze hebben hem mooi niet te pakken gekregen, kijk maar.

De jagers komen uit het bos naar beneden, in camouflagepakken en met geweren. Een stel aangelijnde honden. Een van hen praat op luide toon en doorspekt zijn zinnen met vloeken. Volgens mij houdt hij het voor gezien vanochtend en kunnen we gaan eten.

Eethuis Alpina da Anna. De jagers troosten zich met gemzenworst. De goede rode wijn uit het dal maakt Johnny's tong los.

Achttienhonderd, zegt hij, wat denk jij? Wolf of hond?

Volgens mij is het een wolf, zeg ik.

En waar mag die dan wel naartoe op weg zijn?

Hij is op weg naar huis.

Moeten jullie horen! schreeuwt hij. Achttienhonderd heeft een theorie.

Kom op, zeik niet zo, zegt René.

Zeik ik?

Nee hoor, helemaal niet.

Goed, en waar is zijn huis dan?

Ik richt mijn ogen op het plafond. Johnny volgt mijn blik.

Daarboven? vraagt hij.

Ja, precies.

En wat moeten wij doen?

Hem laten gaan.

Hij kijkt me aan. Ik kijk hem aan. Op mijn voorhoofd staat denk ik geschreven dat ik vind dat hij wel degelijk aan het zeiken is. Dus kiest hij eieren voor zijn geld, draait zich terug naar de tafel en begint tegen iemand anders aan te zeiken.

René was me iets aan het vertellen wat me interesseerde. Ga door, René, zeg ik.

Hij bijt met zijn kiezen in een worstje. Zijn snijtanden is hij al jong kwijtgeraakt door er biertjes mee te ontkurken. Hij zegt: Het departement stopt er geld in, het is zeker geen particuliere onderneming. Voor hen is het exploitatie van het gebied. Voor ons, werkgelegenheid. Ze beginnen met een stoeltjeslift, maar daarna, wie weet.

Hoeveel mensen nemen ze aan?

Alleen al bij de stoeltjeslift een stuk of tien. Liftpersoneel. Sneeuwkatbestuurders. De knul die je de hand reikt bij het uitstappen. Maar daar komen de verhuur en de kassa nog bij. En er zal toch op zijn minst een café moeten komen, niet?

Of twee.

Precies. Bij elkaar zo'n dertig banen?

In Fontana Fredda!

Dat zegt niks. Kijk naar Cervinia. Weet je wat dat vroeger was?

Nee, zeg ik.

Het was een weide met twee almhutten en een kerkje. Alleen hebben ze daar een fout gemaakt, ze hebben alles verkocht aan mensen van buiten. Ze dachten dat het een goede deal was, je weet hoe dat gaat. Ze hebben het land verkocht voor de prijs van weidegrond, en vervolgens zaten ze opgescheept met vijfsterrenhotels.

Geen goede deal dus.

Niet bepaald nee.

Ik kijk naar buiten. Ik kijk naar de U die het dal op deze plek vormt, een fraaie erosiebocht overdekt met bossen, en ik begrijp dat mijn broer me belazert. Vijf miljoen lire voor een huis op een skipiste? Ruw geschat verkoopt hij het over een jaar voor vijftig. Maar het is goed zo, stel ik me voor. Hij is gebleven, ik niet. Ik ben niet met pa naar het ziekenhuis gegaan, ik was er niet toen ze hem vertelden over de kanker, en ik heb hem daarna niet teruggebracht naar huis. Ik heb hem niet hoeven zeggen: Ach, pa, misschien vergissen ze zich. Ik heb hem niet in het veld gevonden met een uit elkaar gespat hoofd.

Ik zeg: In de goeie ouwe tijd mepten we skiërs in elkaar.

En nu bieden we ze een stoeltje aan, zegt René.

Ik zie het hem niet doen, mijn broer.

Ik weet het nog zo net niet. Je weet wat ze in zo'n geval zeggen.

Wat dan?

Cherchez la femme.

Ik ben ook een keer met haar uit geweest, met de vrouw van mijn broer. Dat was voordat hij met haar ging. Ik herinner me het jaar omdat ik net mijn rijbewijs had gehaald: 1978. Het is augustus, zij is een meissie dat hier op vakantie komt, René en ik repareren het dak van het huis van haar ouders, zo'n oud huis van boomstammen dat door Milanezen wordt gekocht. Terwijl ik daar aan het werk ben, leer ik haar kennen en ik vraag haar mee uit, wonder boven wonder zegt ze ja, ik vraag René z'n auto te leen om een ritje met haar te maken. Ik achttien en zij zestien, om en nabij. Mijn plan was om naar de camping te gaan, want daar wordt muziek gemaakt en gedanst, maar als ik die ochtend wakker word, stortregent het. Niks daken met René. Ik blijf thuis uit het raam zitten kijken en zeg de hele dag door tegen mezelf: nu houdt het op, het kan toch niet nog langer met bakken uit de hemel komen. Maar het wordt erger, en ik word kwaaier en kwaaier, de Valsesia heeft de pest aan me, en 's avonds besluit ik mijn dal te tarten. Ik waag het erop en ga haar afhalen, ik zie haar nog zó voor me, staand op het balkon van haar ouders. Weet je het wel zeker? zegt ze. En ik met mijn elleboog uit het raampje: We zijn in de Valsesia, kijk eens wat een mooie avond. Zij sprint naar de auto en dat stukje is genoeg om helemaal doorweekt te raken.

Je hebt geen idee wat er met die rivier kan gebeuren als het één enkele dag heeft gehoosd. Bij de eerste brug valt me op dat het water niet langer gletsjergrijs is maar modderbruin en dat het draaikolken vormt rond de pijlers waar de meegesleurde stammen tegenaan beuken. Je hoort het lawaai van de keien die onder water tegen elkaar aan bonken. Ik ben wel pas achttien, maar op dat moment zou ik moeten inzien dat het zaak is rechtsomkeert te maken. Maar nee, ik rijd door, het lukt me nog net de brug over te steken voordat ze die afsluiten. Een genie, die Fredo. Verderop is de weg geblokkeerd door een aardverschuiving, de brug is inmiddels dicht en dus stuurt de brandweer ons naar een hotel, waar ook de mensen van de camping hun toevlucht hebben gezocht. Uitgerekend de camping waar ik die meid mee naartoe had willen nemen om te dansen: weggevaagd door de Sesia, caravans en de hele boel. We brengen de nacht door in het vluchtelingenkamp, haar doodsbange ouders zijn naar haar op zoek, de volgende ochtend brengen brandweerlieden haar thuis en begrijpen we allebei dat onze romance niet onder een goed gesternte is geboren.

Ik laat me vertellen waar ze nu werkt, zeg het gezelschap na de lunch gedag en rijd op de motor dieper het dal in, naar restaurant La Croce Bianca. Als ik vertrek valt er natte sneeuw, als ik aankom motregent het. Ik voel het een noch het ander en parkeer achter het restaurant, waar de veranda is met het tafelvoetbalspel en de plastic tafeltjes en de kaart met de ijsjes erop, een plaatje uit lang vervlogen zomers. Dat lijkt me de aangewezen plek om te wachten voor iemand als ik. Ik loop de veranda op en leun tegen de voetbaltafel. Het afdak houdt de regen niet tegen en in de asbakken drijven sigarettenpeuken. Op de houten vloer liggen dorre bladeren te rotten: ik herken de vorm ervan en kijk op naar de grote esdoorn die 's zomers de binnenplaats overschaduwt. Jaren geleden zou die me niets hebben gezegd. In Fontana Fredda heb je geen esdoorns. Nu heb ik bijna het gevoel dat ik ervan houd. Zo zie je hoe je in het leven hoogte verliest: ik was een spar en ben een esdoorn geworden. Ik raap een van de bladeren op en bevestig het op het borstzakje van mijn jack.

Alfredo, zegt een vrouwenstem. Ik kijk zoekend om me heen, het geluid komt vanachter een raampje. Ze heeft nog steeds hetzelfde rode haar van toen.

Volgens mij is het het wc-raampje.

Mevrouw Balma, zeg ik. Aangenaam.

Wat doe je daar?

Ik wacht.

Je staat in de regen, Alfredo.

Kan me geen zak schelen dat het regent.

De vrouw van mijn broer kijkt me aan. Ik ken die blik. Ze kijkt naar de bijl die aan mijn riem hangt en het esdoornblad op mijn borstzakje. Ze probeert in te schatten hoe dronken ik ben.

Ik zeg: Er is één ding dat ik wil weten.

Zeg op, zegt ze.

Is het waar dat jij pa gevonden hebt?

Ja.

Wat deed je daar?

Is dat wat je wilt weten?

Ja, precies.

Ze zucht. Doet haar haar achter haar oren. Ze is mooi, de vrouw van mijn broer. Nu mooier dan toen ze zestien was.

Ze zegt: Ik ging af en toe bij hem langs. Die zondag hadden we aardappels gerooid. Als ik tijd had, kookte ik iets voor hem.

Jij en hij, alleen?

Bijna altijd. Hij vond het fijn.

Hoe vaak?

Een of twee keer per week.

Ik kan geloven dat hij dat fijn vond. Ik stel me deze vrouw voor in mijn vaders keuken, die kookt op zijn fornuis. Hij zit op de bank en kijkt naar haar. Er is daar geen vrouw meer in huis geweest sinds ma het dertig jaar geleden horizontaal heeft verlaten. Wat zeggen ze tegen elkaar? Hij vertelt haar vermoedelijk over vroeger tijden. Over toen er in Fontana Fredda nog mensen woonden. Hij laat haar koken, ook al heeft hij geen honger; hij heeft zo langzamerhand alleen nog maar dorst. Ik bedenk me iets.

Dan ben jij dus degene die water in zijn grappa heeft gedaan?

Ja, Alfredo.

Hij dacht dat hij die goed verstopt had.

Maar nee.

Ik snap opeens dat ik nooit had moeten terugkomen. Als je iets eenmaal hebt afgesloten, heb je het afgesloten. Ik kijk naar deze vrouw, die ons op de een of andere manier alle drie heeft gekend. De dochter van Milanezen op vakantie, wie had dat ooit gedacht. Ik bedenk dat ze zwanger is. Zij kijkt naar deze man, de broer van haar echtgenoot, en ik weet wat ze hoopt: ze hoopt dat de slechte broer gauw ophoepelt, van deze veranda en uit hun leven.

Ik zeg: Weet je nog? We zijn een keer samen uit geweest, jij en ik.

En of ik dat nog weet.

Waar zijn we toen heen gegaan?

We zouden gaan dansen, alleen regende het.

Weet je nog welke dag het was?

7 augustus 1978. Dat staat op de gedenkplaten.

Ik houd mijn hand met de palm omhoog buiten het afdak. Er vallen een paar druppels op. Ik zeg: Zulke overstromingen maken ze nu niet meer, hè?

Kom binnen een kop koffie drinken, Alfredo. Toe.

Dag mevrouw Balma.

Het begint te schemeren. De lucht wordt net zo grijs als de stenen op de daken. Voor café Woodland kijk ik naar mijn broer die wegrijdt in zijn politiejeep. Ik rook een van zijn sigaretten terwijl zijn achterlichten zich verwijderen, samen met zijn schuldgevoelens en de moeite die hij doet om het rechte pad te bewandelen. Hij zet bij het afslaan zelfs zijn richtingaanwijzer aan.

Hij is niet bepaald een heilige, mijn broer, maar toch, moet je ons nou zien. Een spar en een lariks. Pa had het helemaal begrepen. We hebben alle twee iets van hem, dat weten we al vanaf dat we klein waren, alleen zit mijn broer met de ene helft opgescheept en ik met de andere, net als bij het huis.

Morgen verkoop ik het aan hem, daarmee los ik mijn schuld in, en dan maakt Fredo zich uit de voeten, maak je maar geen zorgen. Jullie hoeven voor mij geen eten te komen koken of drank te komen aanlengen als ik daar ben.

Het is inmiddels avond en de jagers bereiden zich voor op de jachtpartij van morgen. In de Valhalla praten ze over niets anders: de wolf bloedt, zeggen ze. Hij is ergens weggekropen, gewond, in de val, de honden zullen hem ruiken en de eerste die hem vindt, mag zijn vacht mee naar huis nemen. Ze drinken en jutten elkaar op.

Johnny zegt tegen me: Heb je ooit gin met prosecco geprobeerd, Achttienhonderd?

Nee, dát ken ik nog niet, zeg ik.

Het is net als whisky en bier, maar dan door elkaar.

Ben benieuwd.

Heb ik al verteld waarom ze hem Johnny noemen? Dat is omdat hij vroeger rondliep met cowboylaarzen en een cowboyhoed. Nu heeft hij die hoed aan de wilgen gehangen, maar hij is gewoon Johnny gebleven: als ze je hier een bijnaam geven, kom je er niet meer van af. Hij vraagt de barman om twee glazen prosecco met een glaasje gin ernaast.

Gordon's of Tanqueray? vraagt de barman.

Doe maar Tanqueray, zegt Johnny.

Als ze voor hem staan, giet hij een drupje gin in het ene glas en de rest van het glaasje in het andere. Hij denkt dat ik het niet zie.

Heb jij mij niet méér gegeven? zeg ik.

Jij bent het feestvarken, zegt hij.

Ik drink, het smaakt niet slecht. Het enige probleem is dat de prosecco door de gin lauw is geworden. Ze zouden hem in de koelkast moeten bewaren.

Wat doe je tegenwoordig, Johnny?

Nachtwaker bij de dam.

Nou, dat is vast buffelen.

Ik luister veel naar de radio. Hoe was de cocktail?

Lekker.

Nog eentje?

Graag.

Nu zou zelfs een blinde het hebben gezien: hij doet alsof hij zichzelf gin inschenkt, maar giet alles in mijn glas. Hij stoot de man aan die naast hem zit. Ook dit is een spelletje van vroeger: de stomste van het gezelschap volgieten en dan kijken of hij nog op zijn benen kan staan.

Welkom thuis, Achttienhonderd, zegt Johnny en hij heft zijn glas.

Als ik dat woord hoor, knapt er iets in me en kook ik over. Ik klok het bocht naar binnen, pak de bijl die aan mijn riem hangt, hef hem op en laat hem op zijn voorhoofd neerkomen. *Santé.* Het ijzer en het bot maken het geluid van de keien in de rivier die als het water hoog staat tegen elkaar aan bonken. De barman slaakt een kreet. Vervolgens valt Johnny op de grond en dan pas gutst het bloed naar buiten.

Nu ik het gedag zeg, dit dal, met mijn broer die achter me aan rijdt met zijn zwaailicht aan, heb ik het idee dat ik langs alle cafés uit mijn leven kom. Ik rijd plankgas en groet ze een voor een, net als in de tijd dat we 's nachts doorhaalden en in een snelwegrestaurant eindigden voor het ontbijt. Vaarwel Sporting, vaarwel Fior di Roccia, vaarwel Golosone, vaarwel Valhalla. Een witte wijn, een Braulio, een Baileys, een dubbel malt rood bier! Hou me niet aan, broertje: denk aan je vrouw, denk aan je dochter. Vaarwel Sole e Neve, een blonde! Vaarwel La Ruota, een whisky! Vaarwel Silly Monkey, hou je handen in je zakken, dit rondje is voor mij. Hou me niet aan, broer, hou me niet aan: denk aan wat je hebt, en ik niet. Vaarwel Laghetto, vaarwel Woodland, vaarwel Bar Alpino, vaarwel. Kijk toch eens hoe zwart de rivier is, hoe helder alles is.

Vrouw in het water

In de zomer van 1979 zit een jongere Elisabetta in haar badpak op een gladde, warme rots, op de plek waar de rivier zich verbreedt tot een heldere poel. Ze is zeventien en komt in augustus altijd naar de Valsesia, na haar strandvakantie. Het water in de rivier staat hoog: als je in een stroomversnelling belandde, zou je zeker worden meegesleurd. Hier heeft zich echter een natuurlijke zwemplaats gevormd, vakantiegangers komen er vaak een duik nemen. Maar de jongen met wie ze is, is er nog nooit geweest. Elisabetta kijkt geamuseerd naar hem, naakt op zijn witte onderbroek na, erg slecht op zijn gemak, hoewel dit toch zíjn rivier is, zíjn dal.

Trek 'm toch uit, zegt ze lachend. Niemand die ons ziet.

Hier is altijd wel iemand die je ziet, zegt hij.

Luigi – zo heet hij – steekt zijn teen in het water om te voelen hoe koud het is. Elisabetta, met overal sproeten door al het zonnen op het strand, kijkt naar zijn witte rug, de geprononceerde spieren, de lijn waar zijn huid opeens donker wordt, in zijn nek en op zijn armen. Ze zou nooit aan zichzelf toegeven dat ze hem aantrekkelijk vindt vanuit antropologisch oogpunt, of politiek zo je wilt. In Milaan maakt ze deel uit van het leerlingencollectief van het Manzoni-lyceum, hier in de Valsesia heeft ze altijd alleen maar avontuurtjes gehad met andere vakantiegangers. Zomerliefdes. Maar deze jongen is eenentwintig en heeft maar drie jaar middelbare school gedaan, hij is niet het type voor een zomerliefde.

Ze zegt: Hoe komt het dat je de Sesia aanduidt met 'zij'?

Dat zeggen wij nou eenmaal, zegt hij, zich vastklemmend aan de rots. Jullie zijn de enigen die het over 'hij' en 'hem' hebben.

Interessant, zegt ze. Een vrouwelijke rivier.

Ze staat op het punt een opmerking te maken over de moederlijke aard van water, maar slikt haar woorden in als ze zich herinnert wat hij haar heeft verteld, dat hij zijn moeder is verloren als kind. Ze denkt aan Tethys, de Griekse godin van rivieren en bronnen, en aan de moeder van Achilles, die hem onkwetsbaar maakt door hem helemaal in de Styx onder te dompelen, op zijn hiel na. Ze besluit het te laten zitten: ze wil niet de juf uithangen tegenover de edele wilde, daarvoor is ze hier niet. Het echte leven, dat is wat haar in hem fascineert.

Ze gaat staan. De rots voelt warm aan onder haar tenen.

Als ik me nou uitkleed, kleed jij je dan ook uit? zegt ze.

Niet doen, zegt hij.

Ja of nee?

Ze zien je. Er zit vast ergens een oude man met een verrekijker.

Elisabetta doet het. Ze is niet geïnteresseerd in oude mannen met verrekijkers, maar in die jongen daar. Ze trekt haar zwempak uit, gooit het op de rots, doet een stap naar voren en duikt in de Sesia, die ze voortaan met 'zij' en 'haar' zal aanduiden.

In de vijftien jaar dat ze nu met Luigi is, heeft ze meer van dat soort dingen geleerd. Zoals dit: het dal heeft een zonkant en een schaduwkant. Aan de zonkant liggen weiden, aan de schaduwkant zijn bossen. In de herfst worden de bomen in de schaduw sneller geel en in de lente blijft de sneeuw er langer liggen, als pril groen aan de zonkant al doet hopen dat de winter voorbij is. Je hebt zondieren en schaduwdieren: huisdieren aan de ene en wilde dieren aan de andere kant. Maar de bergbeken die aan beide kanten omlaagstromen komen allemaal uit in dezelfde rivier, waar je ze niet langer kunt scheiden noch onderscheiden.

Zij heeft hém ook dingen geleerd. Bijvoorbeeld

hoe een meisje geliefkoosd wil worden. In het begin was Luigi haastig, deed hij alles vlug en zwijgend.

Met wie heb je het eerder gedaan? vroeg ze hem op een keer.

Dat kan ik maar beter niet zeggen, antwoordde hij.

Maar daarna legde hij zich er met veel toewijding op toe, leerden zijn handen haar aan te raken. Dat was iets wat Elisabetta meteen leuk vond aan Luigi, een soort intelligentie die in de stad verdwenen was: met zijn handen kon hij alles leren, vermoedelijk ook pianospelen als hij zich ertoe zou zetten. Ze genoot ervan hem hout te zien bewerken. Hout was zijn element, zijn zonkant.

Zijn schaduwkant daarentegen had, zoals ze al snel zou ontdekken, te maken met drank. En drank had te maken met zijn vader en zijn broer. Elisabetta had nog nooit zien drinken zoals zij dronken: ze konden dagen achtereen beschonken blijven, gingen drinkend naar bed en stonden drinkend weer op. En ondertussen werken, autorijden, jagen, vrijen, zonder dat iemand die hen niet kende er iets van merkte. Maar kende je hen wel, dan merkte je aan kleine dingen dat ze dronken waren. Luigi voelde bijvoorbeeld geen kou meer, of deed net alsof hij zich gesprekken van de avond ervoor herinnerde. In werkelijkheid zaten er gaten van hele dagen in zijn geheugen. God mag weten waar hij uithing als de drank hem in zijn greep kreeg en bij haar weghaalde. Het was alsof drinken hem weer in contact bracht met die wilde, beboste kant, het winterse in hem, dat Elisabetta in verband bracht met de moeder die hij verloren was. Hij was nooit gewelddadig geweest, behalve met woorden. Zij had geleerd de woorden van dronkenlappen van zich af te laten glijden. Bij zijn terugkeer was hij liever dan normaal, had hij haar nog meer nodig.

Die dag bij de rivier verwachtte ze niet dat ze zo verliefd zou worden. Ze kwam hier uiteindelijk op haar eenentwintigste wonen, toen ze de afstand tussen hen niet langer kon verdragen. Ze betrokken een tweekamerwoning onder in het dal – hij die uit Fontana Fredda kwam en voor het eerst een echte wc had. Het leek ongelooflijk, maar hij was opgegroeid in een huis waar je het in een gat in de vloer deed, waarna het rechtstreeks in de stal belandde. Tegen de wil van haar ouders in verliet zij Milaan en de universiteit, en begon in de Valsesia met seizoenswerk in haar onderhoud te voorzien, 's zomers op het land, 's winters in restaurants, terwijl Luigi in een timmerwerkplaats werkte, met het plan voor zichzelf te beginnen. Het was het echte leven, na er zoveel over te hebben gelezen in boeken.

Toen ze een jaar samenwoonden, vroeg hij haar onverwachts ten huwelijk. Elisabetta had nooit over trouwen nagedacht. Toen de dag aanbrak, had ze er nog steeds niet over nagedacht, en zo was ze op een ochtend in mei opeens echtgenote, op het veld voor een aan de Heilige Laurens gewijd kerkje. Noch zijn vader, noch haar ouders waren erbij. Na de lunch zeiden ze de paar vrienden die er waren gedag en gingen met z'n tweetjes zwemmen in de rivier.

Het is 1994, november, als Elisabetta het eethuis verlaat waar ze inmiddels werkt. Het is al donker, het heeft een beetje geregend. Ze stapt in de auto, weet dat ze naar frituur ruikt, en vraagt zich af of ze naar huis zal gaan om te douchen, of dat ze het zal laten zitten en zal doen wat ze moet doen. Ze herinnert zich dat ze ooit glimlachte om de herders die stonken naar stal en naar parfum omdat ze dat opdeden zonder zich goed te hebben gewassen, en denkt: Iedereen stinkt naar het leven dat hij leidt en mag daar best trots op zijn. Een geit of een friteuse, wat maakt het uit? Onzeker sturend slaat ze de provinciale weg in, ze rijdt niet graag in het donker op nat asfalt. Ze volgt hem een paar kilometer, stopt aan de kant van de weg, laat de sleutels in het contact zitten, stapt uit en gaat het supermarktje binnen.

Hoi Franca, zegt ze. Ze is op zoek naar verse groente, maar in de kisten liggen alleen uien, aardappels, een verlepte krop sla en een paar zachte wortelen. Laagseizoen.

Heb je geen fruit?

De vrachtwagen moet nog komen, zegt Franca vanachter de toonbank.

Met jullie alles goed?

Ach ja, het gaat.

Hoe is het met je moeder?

Achter de rug van de vrouw klinkt het geluid van de televisie. Een deur die naar een zitkamer leidt staat op een kier en Elisabetta ziet Franca's man op de bank zitten. Winkel aan huis: als de deurbel klingelt, zoals toen zij net binnenkwam, hoeft een van hen tweeën alleen maar overeind te komen en de klant te gaan helpen. Zo is het altijd gegaan. Ze herinnert zich dat het, toen zij hier op vakantie kwam, Franca's moeder was die het supermarktje dreef, dat overigens niets is veranderd.

Na de boodschappen gaat ze langs bij de gemeentebibliotheek. Op de bibliothecaresse bij de uitleenbalie na is er niemand. Het is een meisje dat kort geleden deze kant op is gekomen, ook zij is hier getrouwd, en Elisabetta heeft het gevoel dat ze zichzelf terugziet. Antonella heet ze. Ze was blij met deze baan, maar kwam er vervolgens achter dat bijna niemand van de bibliotheek gebruikmaakt, met uitzondering van middelbare scholieren en deze vriendelijke vrouw.

Elisabetta komt een boek terugbrengen. Robert

Graves, *The White Goddess.* De bibliothecaresse zet de waterkoker aan. Ze gaan zitten en drinken thee.

Ik heb nog iemand voor de leesgroep, zegt Elisabetta. Dan zijn we met z'n vijven.

Wie is het? vraagt Antonella.

Een man die in het eethuis komt.

Heb je al bedacht wat we gaan lezen?

Jij bent de bibliothecaresse.

Antonella denkt na. Ze observeert haar, met het kopje in de hand. De lucht van de friteuse heeft haar vast en zeker al bereikt.

Wat heb jij eigenlijk gestudeerd? vraagt ze.

Ik heb eerst gymnasium gedaan en daarna twee jaar Letteren aan de universiteit. Toen ben ik gestopt en hierheen gekomen.

Vond je dat niet jammer?

Wat, ophouden met studeren?

Ook.

Nee, integendeel. Ik zou niet meer terug willen.

Een halve waarheid. Feit is dat Elisabetta weet dat terugkeren niet gaat. De rivier stroomt maar één kant op. Ze heeft nooit tijd verdaan met spijt hebben, dat zit gelukkig niet in haar aard.

Ze zegt: De komende winter is jouw tweede, toch?

Ja.

De tweede is het moeilijkst. Daar moet je doorheen.

Waarom is die het moeilijkst?

Omdat de eerste nog nieuw was. Dat was één grote ontdekking.

En bij de derde ben je gewend?

Kom op, laten we een mooi boek kiezen.

Welbeschouwd was wat de vrouwen in het dal bond het baren van kinderen. Zij voelde niet meteen die behoefte. Ze was jong en er waren zoveel dingen die haar bevielen aan dat leven: vooral de bossen en de rivier. De zomers met veel water en de winters met veel sneeuw, het seizoensgebonden werk op het land, leren van de boeren. En de boeken, die haar nooit in de steek lieten. Elisabetta is een vrouw die al van kinds af aan net zo lief in het gezelschap verkeert van schrijvers en schrijfsters als in dat van mensen van vlees en bloed: ze praat met ze en zij praten terug.

Sommigen van hen hebben haar geholpen hier te leven. Tsjechov: hij had de districtsarts van het dal kunnen zijn. Flannery O'Connor, dat vreemde meisje dat met haar moeder samenwoonde. En Karen Blixen, die eenzame dame, helemaal alleen in de oude familievilla. Dat was nog eens een vrouw die zich niet beklaagde over haar lot: verlaten door haar man, besmet met syfilis, met de last van een plantage die altijd op de rand van faillissement verkeerde – en toch was haar blik vol verwondering, haar stem vol gratie.

Ze bezong de liefde tussen een adellijke vrouw en een wild, ongetemd wezen dat ze Afrika noemde, maar dat net zo goed Valsesia had kunnen heten. Ze had er achttien jaar doorgebracht, was daarna teruggegaan naar Denemarken en was begonnen met schrijven om van haar heimwee te genezen; Elisabetta begreep haar.

Toen ze eenmaal getrouwd waren, had Luigi inderdaad een timmerwerkplaats geopend, die echter maar een kort leven was beschoren, want hij was weliswaar goed met hout, maar allerbelabberdst in boekhouden, en zij was de minst geschikte persoon om hem te helpen. Na het faillissement solliciteerde hij naar een baan bij het politiekorps bosbeheer en werd met enige hulp van buitenaf aangenomen. Laat, om carrière te maken. Agent op je dertigste wilde zeggen dat je tien jaar achterliep op degenen die er meteen na hun militaire dienst waren begonnen. Hij deed het voor het salaris, voor hen tweeën, voor de regelmaat die hij in zijn leven probeerde aan te brengen. In het begin werkten de bevelen op zijn zenuwen en had hij het idee dat hij jeuk kreeg van het uniform, maar hij werkte bijna altijd in de openlucht en dat beviel hem. Op dagen dat hij patrijzen en korhoenders moest tellen of de herintroductie van herten moest begeleiden, kwam hij altijd in een uitstekend humeur thuis. Tijdens het eten vertelde hij haar: Moet je je indenken,

Betta, een in Joegoslavië gevangen paartje, met een slaapmiddel verdoofd en naar de Valsesia vervoerd, waar het is vrijgelaten in de bossen. God weet of die herten dat merkten, dat ze in hun slaap duizend kilometer hadden afgelegd. Het vrouwtje was waarschijnlijk drachtig. Het mannetje had net zijn gewei verloren. Het eerste in de Valsesia afgeworpen hertengewei in God weet hoeveel jaar: hij zou er wat voor geven om het te vinden en mee naar huis te nemen. Hij had het niet meer over de timmerwerkplaats, afgesloten hoofdstuk. Zij dacht aan de jongen in de rivier, van wie ze toen bijna niets had begrepen, aan de ver uit elkaar liggende oorden waar zij tweeën vandaan kwamen, aan de lange reis die ze samen aan het maken waren.

Het is een jaar voor de terugkeer van Alfredo, oktober 1993. Ik ga langs bij chief Kinanjui, denkt Elisabetta 's ochtend bij zichzelf. Ze is Karen Blixen, die eens per week het Kikuyu-stamhoofd opzoekt in zijn hut. Ze pakt de auto en rijdt het dorp uit: voorbij de bibliotheek, de middelbare school en de gehoorzaal gaat ze een brug over, waarna de weg smaller wordt en het asfalt slecht is. Haar handen zweten een beetje, er is niet eens een vangrail in de bochten. Ze rijdt omhoog en komt langs kleine moestuintjes, een enkele houtstapel, een muildier. Huizen met stenen muren. Rotsachtig terrein, niet-ingeperkte bergstromen, de beschaving die ze achter zich laat. Na de laatste bocht verandert het panorama onmiskenbaar, de zuidhelling komt altijd onverwachts, en dan bevindt Elisabetta zich op de hoogvlakte die uitkijkt over het dal, als vanaf een terras. Fontana Fredda. Daar eindigt de weg, bij een gehucht van haveloze huizen, met daarna alleen maar bossen en weiden. Het Kikuyu-dorp.

Het laatste stuk tot aan het huis van de oude man legt ze te voet af.

Ze zegt: Hallo Grato.

Hij zegt niets terug. Hij is trouwens niet zo oud, het is de drank die hem voortijdig oud heeft gemaakt. Hij is ingespannen met een klusje bezig: met trillende handen probeert hij de kettingzaag te slijpen.

Ze doet alsof hij Hallo Elisabetta heeft gezegd.

Ik heb eieren voor je meegenomen. Brandt het houtfornuis?

Een knikje. Dat betekent ja.

Dan ga ik koffie voor je zetten, goed?

Elisabetta laat hem alleen. De kettingzaag is met een lijmklem op een houten plank vastgezet, in het veld voor het huis. Daar worden alle klussen gedaan, zomer en winter, behalve als het hoost van de regen. Als ze terugkomt met een kop koffie kijkt ze naar hem: wat Grato zou moeten doen is de vijl langs elke tand van de zaagketting halen, Luigi heeft het haar een keer laten zien. Twee of drie keer erlangs, belangrijk dat het altijd hetzelfde aantal keren is, met een snelle beweging en een lichte draai. Alsof het een schroef is die wordt ingedraaid, zie je? Maar de handen van de vader zijn niet die van de zoon, niet meer, en precisiewerkjes zijn heel erg frustrerend voor hem geworden. Hij vloekt op het gereedschap.

Elisabetta gaat op het bankje zitten en reikt Grato zijn ontbijt aan. In de kop heeft ze een eierdooier gemengd met suiker en er vervolgens de koffie overheen geschonken. Net als je doet met kinderen lukt het haar met wat foefjes om hem iets te laten eten. Eieren vormen inmiddels het voornaamste bestanddeel van zijn dieet, voor de rest eet hij niets meer.

Grato komt naast haar zitten en pakt de kop aan. Hij ruikt eraan, er zit geen drank in en zijn gezicht vertrekt van teleurstelling. Maar hij neemt een slok en wat hij proeft bevalt hem.

Lekker, zegt hij met een dun stemmetje.

Vanaf het bankje kijkt Elisabetta naar het dal. Boven ligt al sneeuw. Beneden hangt lichte mist. Deze lucht, dit licht. Ze kan er gewoonweg niet bij dat iedereen is weggegaan.

Grato, zegt ze, heb je over de stoeltjeslift gehoord?

Ja, dat heb ik gehoord.

Dat zal wat nieuwigheid brengen, niet? Dan komen er weer wat mensen hierboven wonen. Dat zou mooi kunnen zijn.

Mwa...

Denk je van niet?

De oude man wijst naar de weg, daar waar die achter het dorp verdwijnt. Zijn vinger is knobbelig en vervormd door artritis. Nu is het chief Kinanjui die spreekt, hij zegt: Ooit kwam de eerste motorzaag daar de bocht om. Hij was zo groot dat ze hem met een muildier naar boven hebben gebracht, er waren twee man voor nodig om hem te bedienen. We hebben de trekzaag weggedaan. Dus nu hebben we benzine nodig om bomen om te zagen.

Maar dat is toch makkelijker?

Grato doet alsof hij het niet hoort. Hij hoest. Zegt: Daarna kwam de asfaltweg, vroeger kon je alleen via het bergpad naar boven.

Wanneer was dat?

Niet eens zo heel lang geleden. Twintig jaar.

De weg kwam, en toen?

En toen gingen de mensen beneden in de fabriek werken. Iedereen foetsie. Nu is de beurt aan de stoeltjeslift.

We zullen zien. Het is maar een plan.

Godallemachtig.

Grato drinkt zijn koffie op. Hij heeft wat eierschuim in zijn snor, maar het trillen is afgenomen.

Het is de suiker, denkt Elisabetta. Ze weet dat hij gelijk heeft wat de schadelijke gevolgen van de vooruitgang betreft, maar ze weet ook dat chief Kinanjui gedoemd is te sterven. Ze bestudeert zijn profiel en ziet er dat van Luigi in terug. Dezelfde rechte, Griekse neus. Soms wanneer ze naar de vader kijkt, stelt ze zich voor hoe de zoon eruit zal zien als hij oud is.

Dan blijven Grato's ogen op één punt hangen. Ze merkt dat hij iets heeft gezien. Ze volgt zijn blik en ontdekt een grote vogel die op de top van een lariks is neergestreken. Een adelaar. Dat kan niet missen. Luigi heeft haar verteld dat er boven in het dal een paartje zit, en op een dag heeft hij ze haar vanuit de auto aangewezen toen ze rondcirkelden. Hij vertelde ook dat adelaars hun hele leven bij elkaar blijven. Dat ze vooral op marmotten jagen, maar ook op de jongen van gemzen, en soms op kippen. Dat ze binnen een straal van tien kilometer rondom hun nest geen tegenstanders dulden. Als het adelaarsjong eenmaal groot is, moet het ergens anders heen, en dit zou inderdaad een jong kunnen zijn dat op zoek is naar een eigen plek.

Ga m'n geweer halen, zegt Grato, die naar de vogel blijft kijken om hem niet uit het oog te verliezen. Hij lijkt wel in trance.

Wat?

Het ligt in de kelder. Het is al geladen. Snel.

Nee, Grato.

Schiet op!

Elisabetta verroert zich niet. Luigi heeft het haar gezegd: zijn vader schiet op alles wat ademhaalt. Zijn stropersaard zit zo diep in hem geworteld dat hij geen wild dier kan zien zonder het te willen doodschieten. Vroeg of laat zal hij erheen moeten om hem te arresteren, of hem op zijn minst zijn geweer af te pakken.

Wie weet hoe het gelopen zou zijn als hij het hem daadwerkelijk had afgepakt. Misschien had Grato dan een andere manier gevonden om zichzelf van kant te maken. Luigi en zij hebben het er nooit over gehad. Voor Elisabetta zijn het de raderen van het lot: het is de laatste keer dat ze de oude man in leven ziet.

De adelaar vliegt op van de top van de lariks, en ze ziet dat hij dat niet doet door met zijn vleugels te klapperen, zoals andere vogels doen. Hij spreidt ze en gooit zichzelf in de wind die opstijgt uit het dal. Wat heerlijk moet dat zijn, denkt ze, je op die manier aan de wind over te geven. Grato mompelt wat. Iets lelijks, als een echte oude mopperkont, gericht tegen de van buiten afkomstige vrouw van zijn zoon. Dit keer doet zíj alsof ze het niet hoort.

In de badkamer bekijkt ze zichzelf in de spiegel. Ze is tweeëndertig en vindt dat ze er enigszins onverzorgd uitziet. Als ze bij haar ouders in Milaan is, vallen haar meteen de haren en de kleding van de meisjes op straat op. De stijl is erg veranderd sinds ze is vertrokken. Ze draait zich een halve slag en bekijkt haar buik van opzij: de bolling begint zichtbaar te worden. Binnenkort weet iedereen in het dal het. En misschien zal ook zíj dan een vrouw van het dal zijn. Een paar maanden na Grato's dood vroeg ze op een avond aan Luigi: Wat denk je ervan, zullen we een kind maken? Een idee van haar, dit keer. Ze ging niet dieper in op de relatie tussen de twee gebeurtenissen, het verlies van een vader en het verlangen naar een kind, hoewel ze wist dat die er moest zijn. Luigi antwoordde: Ik hoopte al een tijdje dat je dat zou zeggen.

Nadat ze heeft gedoucht eet ze alleen, met de radio aan. Op de cultuurzender versterft een vrouwenstem in een flard pianomuziek. Elisabetta luistert naar de muziek, eet rijstsalade en kijkt uit het raam. De lichtreclame van het pompstation beschijnt de donkere straat. Ze denkt aan de mannen die rond deze tijd thuis hun geweer aan het schoonmaken zijn. Dat heeft ze op haar werk horen zeggen, al zijn ze tegenover haar op hun hoede, ze is immers de vrouw van een bosopzichter. Maar sommig nieuws kan onmogelijk geheim blijven: bij zonsopgang zal een groep jagers zich verzamelen bij de Romeinse brug, en vandaar zullen ze in formatie de Sesia stroomopwaarts volgen. Anderen zullen zich hogerop opstellen, op vooraf bepaalde punten, in afwachting van het moment dat die hond, of misschien wolf, in hun schootsveld komt. Ze vraagt zich af wat er van het teefje zal worden, het witte hondje dat ze vanochtend heeft gezien.

De telefoon gaat en Elisabetta staat op om op te nemen. Soms laat ze hem rinkelen. Vanavond heeft ze wel zin in wat gezelschap.

Hoi mam, zegt ze.

Heb je gehoord over dat boek? vraagt de stem van haar moeder.

Welk boek?

Heb je de radio niet aan staan?

Ik was in gedachten verzonken.

Dat over Dolcino en Margherita.

Ze luisteren naar dezelfde zender en haar moeder belt haar om het over de uitzending te hebben, alsof ze in dezelfde keuken zitten.

Ze zegt: Je weet wel, die ketters.

Apostolieken, corrigeert Elisabetta haar.

Hielden die zich niet schuil in de Valsesia?

Ja, in Rassa. Voor anderen waren het ketters.

Nou, ze zeiden dat Margherita een meisje van goede komaf was, ze stamde uit een adellijke familie in Trente. Totdat Dolcino daar langskwam om zijn leer te prediken, en zij verliefd werd.

Op hem of op zijn leer?

Ze werden een stel. Dus wie zal het zeggen...

Wat zal haar moeder blij zijn geweest...

Zelf was ze ook niet zo blij.

Hoe weet je dat?

Omdat Margherita vier jaar later aan een paal werd gebonden. Ze hebben haar voor zijn ogen levend verbrand.

Pas na vier jaar?

Elisabetta neemt de telefoon mee naar het raam en gaat daar weer zitten. Ze kan de muziek aan de andere kant van de lijn horen. Ze denkt aan het huis waar ze is opgegroeid: de zitkamer, de fauteuils, het vloerkleed, de schilderijen met berglandschappen aan de muur. Buiten is de tankwagen gearriveerd die twee keer per week de pomp bevoorraadt. Maar op de schilderijen van haar ouders staan boerinnen in velden en zie je witte, door de zonsondergang rood kleurende kerkjes.

Maak je geen zorgen, zegt ze. Niemand zal me hier levend verbranden.

Is Luigi thuis? vraagt haar moeder.

Nee. Die is weg.

Vanavond ook weer dienst?

Ja, mama.

Zijn echtgenote is zwanger. Kan hij niet zorgen dat hij 's avonds thuis is? Zijn baas is toch een vrouw, zei je?

En wat zou een vrouwelijke baas dan moeten doen?

Ze zou moeten weten dat een andere, zwangere vrouw alleen thuis zit. Dat heet vrouwelijke solidariteit.

En zij heet *hoofdinspecteur*.

Haar moeder snuift aan de andere kant van de lijn. Op de provinciale weg komt een ziekenauto voorbij. Zwaailicht aan, sirene die zich verwijdert. Misschien kijkt haar moeder ook wel naar buiten: de binnenplaats van de galerijflat, de pannen op de daken aan de overkant, de balkons. De Milanese hemel in november, wanneer de mist de lichten van de stad weerkaatst.

Hoor 'ns, zegt haar moeder. Als jij niet hiernaartoe wilt komen, dan moet ik over een tijdje wel daarnaartoe komen. Op zijn minst tegen het einde van je zwangerschap.

Het duurt nog een hele tijd voordat het zover is.

Nou ja. April.

Toe, mam.

Ze zegt haar abrupt gedag. Ze belt toch over tien minuten weer. Als ze ophangt, denkt Elisabetta: april. Het is idioot om nu al aan april te denken. Daar zit nog een hele winter tussen, en de winter moet je ingaan zonder al te veel vooruit te kijken. Ze stelt zich voor dat ze op de bank een bed opmaakt voor haar moeder; Luigi die thuiskomt in zijn bemodderde uniform en haar daar aantreft in haar nachthemd.

Wat haar moeder niet weet – en zij kijkt wel uit om het haar te vertellen – is dat hij af en toe niet thuis slaapt. Bij de rivier, misschien. Of in het huis van zijn vader. Of hij neemt een slaapzak mee naar een plek in het dal die alleen hij kent. Het gebeurt nadat ze ruzie hebben gemaakt, en als ze ruzie hebben gemaakt is er bijna altijd drank in het spel. Op een keer heeft ze hem gevraagd wat hij dan doet 's nachts; hij maakt een vuurtje, drinkt een fles leeg. Ze heeft er nooit aan getwijfeld of het waar was. In de loop der jaren is ze eraan gewend geraakt dat die eenzame nachten deel uitmaken van haar huwelijk. Ze heeft een man die soms met haar slaapt en soms in het bos. Elisabetta zal er over niet al te lange tijd genoeg van krijgen.

En dus is ze vannacht niet bedacht op zijn thuiskomst. Ze wordt wakker als ze hem de kamer hoort binnenkomen, zijn kleren op de vloer hoort laten vallen. Ze voelt dat de dekens van haar af worden getild en even later zijn hand op haar heup, waar hij die graag legt als ze samen in bed liggen. Zij ligt van hem afgekeerd. Zijn hand is nog koud van de buitenlucht.

Hoe laat is het in godsnaam? vraagt ze

Laat, zegt Luigi.

Je broer?

Die is ervandoor.

Ze draait zich naar hem om en ruikt aan zijn adem dat hij whisky heeft gedronken. Naast whisky en sigaretten ruikt ze ook nog een andere geur, die in zijn baard en zijn haar moet zijn blijven hangen. De geur van vochtige aarde, van regen, van rivieroever. Haar hand zoekt hem in het donker, vindt een schouder, zijn nek, ze liefkoost hem.

Hoe bedoel je, hij is ervandoor?

Hij heeft iemand de hersens ingeslagen, in een café. Met een bijl. Daarna heeft hij de benen genomen.

De hersens ingeslagen? Is hij dood?

Nee, die vent leeft nog, hij ligt op de ic. Meer dood dan levend, dat wel.

Ben je naar het ziekenhuis gegaan?

Ja. Ik ken hem zelfs.

Wie is het?

Een of andere stomme zak.

En waar is je broer?

Geen idee. In Canada.

Luigi snikt. Elisabetta voelt dat zijn wang nat is. Is dit het soort *echte leven* waarnaar ze verlangde? Nu kent ze het gejammer van een dronkaard die huilt in de nacht. Ze weet hoe een mannenhoofd eruitziet dat door een geweerschot uit elkaar is gespat. Ze heeft heel wat van het echte leven gezien, dat lijdt geen twijfel. Luigi huilt in het donker, hij houdt zich niet langer in. Door toedoen van of dankzij de drank komt alles er tegelijk uit: hij huilt om zijn broer, hij huilt om zijn vader, hij huilt om zichzelf.

We doen het sowieso, het huis, zegt hij. Maak je geen zorgen.

Lieve schat van me, zegt ze. Lieve schat van me.

Ze kust hem op zijn wang, op zijn ogen. Ze kust zijn lippen, die smaken naar whisky, zijn baard, die ruikt naar rivier.

De volgende ochtend laat ze hem slapen, ze stopt een handdoek in een tas en gaat naar buiten. Ze steekt de weg over, langs de benzinepomp, het bosje dat daarna komt, en slaat een pad naar beneden in. Een paar kilometer hogerop in het dal zal de drijfjacht inmiddels wel zijn afgelopen. Er staat in deze periode weinig water in de Sesia, door de vorst zijn de bergstromen die haar voeden drooggevallen, maar Elisabetta kent een poel waarin altijd water staat. Balancerend over de stenen loopt ze ernaartoe, ze houdt op de breedste en platste halt en gaat zitten.

De Sesia verwelkomt haar. Vandaag is ze heel smalletjes, er zijn stukken zichtbaar die bijna altijd onder water staan. De gepolijste boomstammen lijken wel beeldhouwwerken, het mooist zijn de wortels, zo kronkelig en verwrongen. De berken nodigen uit tot een nieuwe start. Het geluid van de rivier is nauwelijks meer dan gemurmel: een poel, een stroomversnelling, een poel, dan de bocht waar ze van richting verandert. Net als het leven doet.

Elisabetta kleedt zich uit. Het is koud, en ze heeft ontdekt dat het belangrijk is om diep adem te halen. Ademhalen verwarmt. Ze zet eerst haar ene voet in het water en dan de andere. Hoewel ze eraan gewend is, is er altijd een moment waarop haar instinct zich verzet, en dan komt het op wilskracht aan. Het water komt tot haar dijen, dan tot haar kruis, dan tot haar ribben. Daar stopt ze. Ze legt een hand op haar buik en spreekt woordloos haar smeekbede uit: Dochter, dit is de Sesia. Sesia, bescherm mijn kind.

Ze blijft een paar seconden zo staan, dan komt ze het water uit en droogt zich af. Ze wrijft hard om warm te worden en kleedt zich weer aan: sokken, spijkerbroek, wollen trui, laarzen. Haar huid tintelt lekker, de haarvaten die waren samengetrokken openen zich weer, het bloed stroomt.

Ze heeft net haar handdoek weer in haar tas gestopt als ze tussen de struiken iets ziet bewegen. Een hond? Ja, het is het hondje van gisteren. Het witte hondje, het neemt haar aandachtig op. Elisabetta kijkt om zich heen en realiseert zich dat de reu er niet meer is. Het teefje is alleen achtergebleven, daar bij de rivier. Het kijkt angstig maar ook verlangend naar haar, weet niet of het dichterbij moet komen dan wel ervandoor moet gaan. Het is inmiddels vermoedelijk doodsbang voor mensen, maar kan ook niet zonder hen. Misschien voelt het dat het een vrouw heeft ontmoet en is het geneigd die te vertrouwen.

Vijftien jaar eerder strekt Elisabetta zich op die warme, gladde steen naakt uit in de zon en wacht tot de jongen arriveert.

Vijftien jaar later knielt ze en steekt haar hand uit naar het hondje.

Kom, zegt ze. Kom maar.

O, huis van mijn vader

Vannacht droomde ik dat ik door het bos rende. Het was avond, nét voor het donker, en de jachthonden achtervolgden me. Ik hoorde ze achter me, hoorde het geluid dat honden maken die wild najagen, en ik schramde me aan boomtakken, haalde mijn kleren eraan open. Ik weet niet of ik de man was van nu of het kind van vroeger, maar het was niet het bos waar ik ben opgegroeid, waar het licht tussen de sparren en de lariksen door schijnt. Het was een dichter bos, woester, een van die bossen in een dal; de bomen wiegden heen en weer in de avondwind, berken, lijsterbessen, essen, elzen, wilgen, meidoorns. Die hellehonden zag ik niet, ik had alleen hun geblaf in mijn oren. Ik rende en rende, met bonzend hart.

Toen zag ik een klimoppoort, zoals ik dat noem als de klimop zich langs twee bomen omhoogslingert en dan van de takken van de ene boom oversteekt naar die van de andere, en dook erin. Aan de andere kant stond het huis van mijn vader. Het was het echt. Niet het donkere, treurige huis van nu, maar een mooi, groot huis, met helverlichte ramen, net vuurtorens. Sterker nog, die ramen fonkelden. Toen ik dichterbij kwam, begreep ik waar al dat licht vandaan kwam. Ik dacht: hij heeft het echt gedaan, Fredo heeft het echt in brand gestoken, mijn vaders huis staat in de fik, en toen werd ik wakker. Buiten mijn droom rinkelde de telefoon.

Elisabetta was weg, het duurde even voordat ik dat doorhad, en ik stond op om op te nemen. Ik dacht meteen aan de politie, iemand van de commandopost, maar de notaris was ik compleet vergeten. De secretaresse zei dat ze op het kantoor op ons zaten te wachten. Staand in de keuken moest ik me met dikke tong verontschuldigen en haar uitleggen dat het van de baan was. Ze zal wel gedacht hebben: die vent moest hierheen komen om een huis te kopen en die is gewoon in zijn nest blijven liggen. Ze was kwaad, maar ik begreep later dat haar dat wel vaker overkwam. Risico van het vak. Trouwens, er zijn ook mensen die niet voor het altaar verschijnen.

Ik hing op en realiseerde me dat ik naakt was. Hoezo ben ik naakt? dacht ik. Ik herinnerde me dat Elisabetta en ik die nacht, of de vorige avond of wanneer het ook was, hadden gevreeën. In de keuken had ze een schoteltje met een stuk taart voor me neergezet, en de mokkapot stond al klaar, ik hoefde alleen het gas maar aan te steken. Onder het schoteltje lag een briefje dat ik las terwijl de koffie omhoogborrelde: ze had er twee bomen op getekend, een lariks en een berk, met een hartje ertussen. Het smalle, spichtige hartje dat zij altijd tekende. Zo'n vrouw verdien ik niet, dacht ik. Ik keek de keuken rond, met al haar spullen erin – de kleurige kopjes, de bloeikalender, dingen van haar die mijn leven veraangenamen –, schonk de koffie in en at de taart op, bosbessentaart. Ik denk dat het de bosbessen waren die we in augustus hadden geplukt en ik herinnerde me haar blauwe vingers weer, en haar blauwe mond.

Daarna belde ik het ziekenhuis om te horen of de man nog leefde.

Hij leefde, dat was alles wat ik te horen kreeg. Maar hij was nog niet bij kennis.

Ik had dus opeens een vrije ochtend, maar ik had geen zin om te horen welke praatjes de ronde deden, dus ging ik terug naar de plek van de vorige dag, de plek van de rottweiler. Het beetje sneeuw op de rivieroever was helemaal platgetrapt. Voetafdrukken van jagers, niet veel, ik telde vier verschillende schoenzolen en misschien evenveel honden. Ik besloot ze te gaan volgen. Het kon lang duren, maar ik had de tijd en vond lopen niet vervelend. Ik moest twee dagen drank zien uit te wasemen.

Zoals ik al dacht, kwam de Sesia verderop steeds dieper te liggen. Niet echt in een kloof, maar de oevers werden steil en het was moeilijk ze te belopen, dus de eenvoudigste weg was via de rivierbedding. Ik hield op een gegeven moment op met van de ene steen naar de andere te springen, want nat word je toch, en dus stapte ik het water in en sloeg er verder geen acht meer op. Niets beters dan ijskoud water om de alcohol uit je lichaam te verdrijven, het is alsof de duivel op de vlucht slaat voor een gebed. In het bos was het zo stil dat ook ik gaandeweg tot rust kwam: ik volgde de rivier, luisterde naar het stromende water, ontdekte poelen die, als er een klein beetje meer water in stond, geweldige zwemplekken zouden zijn. We moeten hier echt een keer samen naartoe, dacht ik, dat zou Betta en mij goeddoen. Op een zeker moment sprong er zelfs een forelletje tussen mijn voeten omhoog.

Na een uur lopen vond ik de hond. Ze hadden hem daar laten liggen, de killer van de Valsesia, ingeklemd tussen twee rotsblokken. Of misschien hadden ze hem hogerop gedood en was hij door de stroom een stuk mee naar beneden gesleurd totdat hij tussen de rotsen vast was komen te zitten. Hij lag half onder water, slecht idee om een karkas in de rivier te laten wegrotten, dus ik pakte hem bij de poten, trok hem uit het water en legde hem op de oever. Drijfnat als hij was, leek hij een en al botten.

Ik zag meteen dat het geen wolf was. Weddenschap verloren, Fredo. Het dier had een wolvenkop, en de grijze vacht kon die van een wolf zijn, maar zijn achterhand was zwart gevlekt, hondenvlekken. Moeilijk uit te maken waartussen het een kruising was. In een van zijn flanken zat een enorme jaap, waarschijnlijk een aandenken aan de rottweiler, en boven zijn schoft zat een kogelgat. Ze hadden hem in ieder geval met één schot omgelegd. Zijn snuit zat vol littekens, die me beslist geen beten van honden, wolven, tijgers, leeuwen of wat dan ook leken. Dat waren alle stokslagen die hij in zijn leven had gekregen.

Ik dacht even na over de vraag hoe ik hem daar weg moest krijgen, of ik terug zou gaan om een rugzak te halen of dat ik een soort brancard van takken zou fabriceren. Daarna liet ik al die plannen varen: dit was zo'n soort klus waar je gewoon tegenaan moest gaan, net als de steile helling die me wachtte. Ik gooide hem over mijn schouder, hij woog tegen de dertig kilo. Ik pakte zijn voorpoten met mijn rechter en zijn achterpoten met mijn linkerhand beet. Daarna klom ik recht omhoog tegen de rivieroever op.

De helling zat vol met verborgen wortels en overal lagen rotte bladeren. Ik ploeterde voort met dat gewicht op mijn schouders, het zweet gutste langs mijn rug. Leg hem om de twee stappen goed. Pas op dat je niet uitglijdt. Ondertussen dacht ik: fijn werk heb je toch, al dagen doe je niets anders dan dode honden ophalen. De hondendoodgraver. Aan één kant bungelde zijn kop, die arme kop, en bonsde tegen me aan.

Het was trouwens niet zo'n lange tocht. Het is maar klein, mijn dal. Honderd meter klimmen en ik stond op de provinciale weg. Ik liet de hond van mijn schouders glijden, verstopte hem tussen de struiken en ging op weg naar de plek waar de Suzuki stond. Niet langs de rivier, over de weg. Een auto die me passeerde minderde vaart. Ik was doornat, maar had het tijdens de klim zo heet gekregen dat de stoom van mijn schouders af sloeg.

Ik stapte in de auto en reed langzaam dieper het dal in. Met de dode hond in de kofferbak passeerde ik de ijzerwinkel, het supermarktje, de tabakszaak, het kon me niet schelen of de dorpsbewoners me zouden zien. Zonder het van tevoren te hebben besloten, sloeg ik bij de tweesprong de weg omhoog naar Fontana Fredda in. Het was net of mijn vaders huis me riep.

Acht kilometer lang dacht ik aan mijn vader zoals hij was toen ik nog een kind was. Pa was de kwaadste niet. Hij was een stumper. Ik herinnerde me die keer dat hij met ons de villa's in het dal langsging en ons vertelde over de mensen die geld hadden verdiend met textiel, met cement. Eentje was begonnen de wol van de herders op te kopen, een ander had zich waardeloze stukken grond langs de rivier toegeëigend. Ook was er iemand die geld had geleend aan boeren, in ruil voor een woekerhypotheek op hun land, merendeels piepkleine lapjes grond, het familieveldje. Op die manier was de woekeraar eigenaar geworden van het halve dal, waarna hij er om zijn ziel te redden een kerkje had laten neerzetten, gewijd aan de Heilige Gratus, beschermer van de oogst tegen slecht weer en van de mensen tegen de bliksem. De villa's die we gingen bekijken zaten bijna altijd potdicht, behalve op sommige zondagen in de lente, en dan zaten we in de auto naar rijkelui te kijken die lunchten op hun veranda – ik weet niet wat mijn vader daaraan vond, hij kreeg er voornamelijk een pesthumeur van.

Toen ik boven aankwam, was ik ervan overtuigd dat ik een berg rokend puin zou aantreffen. Maar het huis stond er nog, Fredo had alleen een boom omgehakt in de tuin. De zijne, niet de mijne. De lariks stond fier overeind en de spar lag languit op de grond. Ik kon de humor van mijn broer wel waarderen, ook al vond ik het spijtig dat ik een volwassen boom was kwijtgeraakt – maar ik bedacht ook dat de lariks beter zou groeien nu hij niet langer overschaduwd werd door de spar. Ik laadde de drijfnatte hond uit, liet hem op de wei liggen en liep naar de stal om een schep en een houweel te halen.

Toen ik met het gereedschap naar buiten kwam, stond Gemma daar naar de hond te staren. Gemma is een van de laatst overgebleven inwoners van Fontana Fredda: vreemd genoeg wisselden zij en mijn vader al jaren geen woord meer. Met Betta en mij daarentegen heeft ze geen problemen, ze was blij toen ze hoorde dat we hier zouden komen wonen.

Luigi, zei ze. Hoi.

Hoi Gemma.

Wat doe je?

Ik begraaf deze hond.

Was het jouw hond?

Nee. Maar ik doe het gewoon toch.

Ze dacht er even over na. Zei: Goed zo.

Ik keek om me heen en vroeg: Wat denk je, Gemma, waar zal ik hem leggen?

Kun je hem niet beter in het bos leggen?

Nee, nee. Ik wil hem hier in de tuin hebben.

Ik koos een plekje in de buurt van de bomen, dicht bij de lariks en de stronk van de spar. Het hout van de stronk was nog wit en je kon de bijlslagen tellen. Goed gedaan, Fredo, dacht ik; het was jaren geleden dat ik voor het laatst een boom zag die met de hand was geveld. Ik pakte het houweel op, hief het boven mijn hoofd, en ook ik begon erop los te hakken.

Ik zal er een halfuur over hebben gedaan om die kuil te graven. Er kwamen een heleboel stenen tevoorschijn, het is een en al steen onder Fontana Fredda, stenen met aarde erbovenop. Ik maakte het gat behoorlijk diep om te voorkomen dat een vos de geur zou ruiken en zou gaan graven. Daarna pakte ik de hond bij zijn poten, sleepte hem naar de kuil, gaf hem een aai over zijn snuit en dekte hem af met de grootste stenen, en daarna met kleinere. En als laatste wat aarde. Ik was volkomen bezweet toen ik eindelijk ging zitten om mijn werk te bewonderen. Ik stak een sigaret op en keek naar de fier overeind staande lariks, de gevelde spar en het hondengraf daartussen.

Gemma stond er nog steeds, geen beweging was haar ontgaan.

Luigi, zei ze, is het waar dat ze een skipiste gaan aanleggen?

Ja, dat is waar, zei ik.

Wanneer beginnen ze?

April of mei.

Gaan ze veel bomen omhakken?

Tja, zei ik, de piste en de skilift beslaan tien hectare bos. Als je uitgaat van vijfhonderd bomen per hectare, dan kom je op vijfduizend. We moeten eerdaags naar boven om ze te hameren.

Hameren?

Ja, we markeren ze met verf. En dan komen ze ze in de lente omhakken.

Gaan ze vijfduizend bomen omhakken?

Ik keek naar haar. Haar gelaatsuitdrukking was eerder verdrietig dan ongelovig. Helblauwe, diep bedroefde ogen.

Wat kun je eraan doen? zei ik. In een bos kun je moeilijk skiën.

Wat zonde, zei ze.

Natuurlijk, Gemma had gelijk. Maar mensen hakken sinds de grijze oudheid al bomen om, slachten dieren en slaan elkaar de hersens in. Als er slechtheid is op deze wereld, dan is dat alleen de onze. Ik rookte mijn sigaret op, trapte de peuk uit in het gras en besloot om thuis mijn kettingzaag te gaan halen om de spar in stukken te zagen – niet dat sparrenhout goed brandt, maar ik kon er nu al niet meer tegen hem in mijn tuin te zien liggen.

Toen ik later weer terug omhoog reed over die weg die ik in mijn leven al miljoenen keren had afgelegd, die dierbare, altijd eendere, oude, vertrouwde provinciale weg, maakte het dal een bocht en bevond ik me opeens recht tegenover de gletsjer van de Monte Rosa. Hij schitterde zo dat het pijn deed aan je ogen. Ik weet niet waarom ik de aandrang voelde even te stoppen. Ik hield stil aan de rand van de weg en bleef een tijdje naar dat tegen de hemel afstekende verblindende wit kijken. Ik vergeet vaak dat die berg daarboven ligt, aan het einde van dit dal, dat de rivier daar ontspringt: beneden bij ons lag het dal al in de schaduw, terwijl daarboven de gletsjer nog schitterde in de zon. De berg was net als mijn vaders huis in mijn droom: hoog, mooi, een en al licht. De redding waar ik me naartoe spoedde. Door de voorruit keek ik ernaar en mijn vaders huis fonkelde boven het donkere dal, waar onze zonden rusten, onverzoend.

De slag van de bomen

Ik heb vóór deze vorm vele vormen gehad;
ik was een stroom op de helling,
ik was een zalm in de oceaan,
ik was de mist die haren bevochtigt.

Ik was een meisje, een hond,
een glas in de handen van een drinker,
de lucht in een harmonica,
de sneeuw die de maan weerspiegelt.

Vanuit mijn hoge zetel,
waar ooit het ijskoude water opborrelde,
zag ik hoe de bomen en groene schepsels
werden opgeroepen tot de strijd.

Aan de frontlijn sloeg
de wilg de aanval af.
De wilde lijsterbes
dekte hem in de rug.

Resoluut bood de hondsroos
weerstand, ze is gewapend
met speerpunten
die handen verwonden.

Het slagveld daverde onder
de stappen van de eik,
kloeke wachter luidt zijn naam
in alle talen.

De hulst en de meidoorn rukten
gezwind op, en
de brandnetel furieus, met
de rabarber als schild.

Ruig en woest de spar,
meedogenloos de es:
hij valt niet zijdelings aan,
maar mikt recht op het hart.

Ofschoon hem onrecht werd gedaan,
wapende de berk zich niet samen met de andere;
geen teken van lafheid
maar van zijn nobele komaf.

De van oorlogservaring gespeende
bosbes en de gentiaan
zochten aarzelend dekking,
net als de hoffelijke varen.

De heide bood troost
aan uitgeputte strijders,
de naar hars geurende pijnboom
sneefde in haar armen.

Dapper waren de jeneverstruik
met zijn bittere vruchten,
en de versmade bergden
met zijn nederige kleed.

De berendruif met haar helende gave
stond stuurs aan de rand van het slagveld,
samen met de traag brandende vlier
tussen de oplaaiende vuren.

De alpenroos vormde
dichte gelederen.
De framboos deinsde niet terug
voor de oprukkende vijand.

De wintereik en de donzige eik,
en de klimop die ze bedekte,
leverden strijd, werden geveld
en stortten samen ter aarde.

De esdoorn kwam ondanks
zijn woede amper van zijn plek:
hij vocht in het hart van de strijd,
en luid was zijn weeklacht.

De kastanje met zijn zoete vruchten
zaaide, voordat hij geveld werd,
grote onrust en verwierf
faam als de meest onversaagde.

De beuk haalde vol vuur uit.
De haagbeuk werd ontbladerd in de strijd.
Het woekerende wilgenroosje
verwoei in de wind.

De lariks schreeuwde het uit:
hemel en aarde beefden.
Takken met jonge uitlopers
boorden zich in de grond.

De alpenden was de laatste die viel.
Zijn aanval veroorzaakte grote ontzetting.
Hij werd teruggedrongen, drong zelf terug,
en bracht machtige slagen toe.

Nu is het gutsen verstomd,
is de steen gepolijst;
de grote zeeën rukken snel op
sinds ik de strijdkreet heb gehoord,

En de gezegende goudenregen
glimlacht, vergeten
onder de overhellende rots
met de vreemde vorm.

Aan een stronk ontspringt
de kruin van een berk:
geduldig verlaat de mens zich
op diens bestendige kracht.

Passanten verbazen zich,
wijzen zijn verbijsterd,
als zich opnieuw conflicten voordoen
zoals die van toen.

Een angstaanjagende strijd
onder de afnemende maan,
en een nieuwe die op het punt staat
los te barsten in de volle zon.

Maar ook al was ik onbekend,
omdat ik toentertijd deze vorm niet had,
ik heb in jullie gelederen gevochten, o bomen,
op het slagveld van Fontana Fredda.

Noot van de auteur

Ik ben opgegroeid in een huis waar niet veel muziek was, maar gelukkig had ik een oudere zus met een stereo-installatie en een paar cassettebandjes. Een daarvan was *Nebraska* van Bruce Springsteen. Ik weet nog precies hoe het hoesje eruitzag, met de naam van de muzikant en de titel in rood op een zwarte achtergrond, en de zwart-witfoto van een vlakte gezien door de voorruit van een auto. De horizon een beetje scheef, de lucht dichtbewolkt, een weerspiegeling op de motorkap van de auto, de weg die recht door kale velden loopt. Begin jaren negentig werd ik verliefd op die plaat zonder goed te weten waarom, want de teksten verstond ik niet. De muziek is zo summier als maar zijn kan: drie akkoorden (dat ontdekte ik veel later, toen ik die zelf speelde), een gitaar, een mondharmonica en het onduidelijke gemompel van Springsteen, die lijkt te zingen met zijn mond dicht, of in zichzelf, zoals iemand die 's nachts zingt in een donkere kamer. Of misschien in die auto, rijdend door Nebraska. Ik luisterde er eindeloos naar, spoelde terug en luisterde weer: die cassettebandjes raakten mettertijd versleten, maar het was juist goed dat de klank nog wat gruiziger werd, als die van een door de autoradio opgevangen verre zender. Ik ben nooit opgehouden ernaar te luisteren, en inmiddels is er dertig jaar verstreken. Volgens mij is het het album dat ik in mijn leven het vaakst heb beluisterd.

Ik heb een lange reis moeten maken in de Amerikaanse literatuur voordat ik terugkeerde naar *Nebraska* en het album beter begreep (ik dank in dat verband Leonardo Colombati en zijn waardevolle studie over het werk). Maar laat ik beginnen met de ontstaansgeschiedenis: in de herfst van 1981 is Springsteen tweeëndertig, hij is net terug van de *The River*-tour. Dat album had hem tot een wereldster gemaakt. Hij gaf in een jaar tijd honderdveertig concerten, overal uitverkocht, zowel in Amerika als in Europa, er is geen vrouw in zijn leven, maar hij heeft in plaats daarvan een aangenomen familie, de E Street Band, die eenmaal terug op de basis uiteenvalt. Een tijdje gaat ieder zijn eigen weg. Het punt is dat Bruce geen 'eigen weg' heeft, als we een vader buiten beschouwing laten met wie het contact altijd moeizaam is (maar die later, omdat zoveel liedjes van zijn zoon over hem gaan, de beroemdste vader van de Amerikaanse rock zal worden). Springsteen is zelfs uit zijn huis gezet, en daarom huurt hij er een in zijn geboortestreek New Jersey. Het plan is om daar nieuwe liedjes te schrijven, maar hij zit er in zijn eentje, aan het begin van de winter, en krijgt de rekening gepresenteerd van het jaar dat achter hem ligt. De adrenaline en de mensenmassa's. Het leven op tour. Hij wordt overvallen door de sombere stemming die Melville beschreef als 'een vochtige, druilerige november'.

In de avonden kijkt hij vooral films noirs en geweldsfilms, zoals *The Night of the Hunter* van Charles Laughton en *Badlands* van Terrence Malick. En hij leest veel. Later zal hij zeggen dat dat het moment in zijn leven is geweest waarop hij zich voor zijn liedjes niet langer laat inspireren door andere liedjes, maar door boeken. Hij zal James M. Cain citeren, *The Postman Always Rings Twice*, en vooral Flannery O'Connor. Flannery O'Connor is een ijkpunt voor mensen die, zoals ik, gevormd zijn door de traditie van het korte verhaal. Ze was katholiek, van Ierse oorsprong (Springsteen is half Iers en half Italiaans, de meest katholieke mix die er bestaat in Amerika), woonde in het zuiden van de Verenigde Staten, tussen de jaren twintig en de jaren zestig, leed aan een degeneratieve ziekte en stierf jong, na lange tijd bedlegerig te zijn geweest. Het spreekt voor zich dat haar verhalen donker waren, het zijn de echte *dark stories* van die tijd. Dieven, moordenaars, meisjes met maar één been, straatpredikers. Een gedenkwaardig verhaal was getiteld *The River*, en 'The River' was tevens het liedje dat Springsteens nieuwe vertrekpunt werd.

De tekst had hij een paar jaar eerder min of meer bij toeval geschreven. Hij had tot die tijd altijd dingen geschreven in de trant van 'Hey baby, stap in, jij en ik zijn geboren om te vluchten', en onverwachts, denkend aan het leven van zijn zus, was dat prachtige liedje ontstaan, over een stel. Hij is opgegroeid in een dal waar het enige wat je leert is dat je net zo moet worden als je vader. Zij ontmoet hem als ze zeventien is en raakt meteen zwanger. Er volgt een gedwongen huwelijk, een vakbondslidmaatschap en een baan in de bouw. Toen ze jonger waren gingen hij en zij vaak zwemmen in de rivier, maar inmiddels gaan ze steeds minder. De rivier valt droog, de liefde verdort. Er is een economische crisis en hij raakt zijn baan kwijt. Dit is geen verhaal van Flannery O'Connor: het is een verhaal van Raymond Carver, een andere schrijver die Springsteen las. Zijn debuut, *Will You Please Be Quiet, Please?*, was verschenen in 1976, en zijn tweede boek, *What We Talk About When We Talk About Love*, in 1981.

Wat voor muziek paste er bij dat genre verhalen? Wie had er in de Amerikaanse muziek gezongen over werklozen, over arme sloebers, over kruimeldieven en mensen zonder geld? Daarvoor moest je terug naar de folk uit de Grote Depressie, waaruit Bob Dylan al had geput. De verhalen die in de literatuur zijn verteld door Steinbeck, met *The Grapes of Wrath* en *Of Mice and Men*, zijn in de muziek gezongen door Pete Seeger, Hank Williams en Woody Guthrie. Stem, mondharmonica, en 'this machine kills fascists', zoals Guthrie op zijn gitaar schreef. Springsteen, zoon van een arbeider uit New Jersey, opgegroeid in een straat met aan de ene kant Italianen en aan de andere kant Ieren, besluit op zijn tweeëndertigste de rock-'n-roll even te laten voor wat die is, en folk te gebruiken om dat soort verhalen te vertellen, verhalen die ook hij kent, uit de eerste hand.

Het is niet bekend hoe artiesten hun momenten van genade bereiken, dat is een mysterie. Soms komen die voort uit goede periodes en soms uit slechte. Uit rust, chaos, verdriet, een goed huwelijk of het einde van een huwelijk, dat valt niet te zeggen. Maar het lijdt geen twijfel dat Springsteen in de herfst van 1981 zo'n moment bereikt. Binnen een paar weken schrijft hij de tien liedjes van *Nebraska*, en ook nog andere, die op latere albums terecht zullen komen. Om de demo's op te nemen vraagt hij zijn geluidsman een kleine opnamestudio in zijn huis in te richten. De geluidsman installeert er een viersporenrecorder: dat betekent dat hij van elk liedje drie instrumenten plus de zang los van elkaar kan opnemen, en die daarna zelf kan mixen. Dus stem, gitaar, mondharmonica en percussie (een simpele tamboerijn). Ook wordt het vierde spoor soms gebruikt voor koortjes, zoals hij die noemt, al lijkt het, als je naar de plaat luistert, eerder gejank.

Hoe zal het geweest zijn om kerst en oudjaar in dat lege huis door te brengen? Ik herinner me een verhaal van Carver waarin hij schrijft: 'De feestdagen zijn altijd de moeilijkste periode' (hij doelde op de drank). Misschien is Bruce met kerst naar zijn ouders gegaan, en met oud en nieuw werd hij wellicht uitgenodigd voor een feest. Dan zet hij op 3 januari 1982 de recorder aan, gaat zitten en begint te spelen. Het ene liedje na het andere, hij neemt ze allemaal op. Wat een dag.

In de lente komt de band samen in de studio, en na een winter waarin iedereen goed is uitgerust zet hij zijn muzikanten aan het werk. Ze luisteren naar de cassette met de opnames. Die arrangeren ze. Ze voegen er bas, drums, saxofoon, keyboard en elektrische gitaar aan toe. Ze proberen verschillende dingen uit, op zoek naar een goede sound. Dan kijken ze elkaar op een gegeven moment aan en zijn ze het er, inclusief Springsteen, allemaal over eens: die liedjes waren eerst mooier. Alle schoonheid zat al in de cassette die hij alleen had opgenomen, mompelend en jankend, het is zinloos om te proberen ze beter te maken. Dus als *Nebraska* vandaag de dag uit onze krachtige digitale apparaten komt, of uit onze armzalige digitale apparaten, dan horen we louter Bruce Springsteen die zingt in zijn kamertje in New Jersey, op 3 januari 1982.

In dezelfde maanden schreef Raymond Carver zijn beste verhalen: *Cathedral* kwam uit in 1983, kort na *Nebraska*. Die verhalen en die liedjes zijn in een dialoog verwikkeld. Carver stierf in 1988. Hij had nog tijd om het album te beluisteren en ook, denk ik, om het mooi te vinden, maar ik heb niet kunnen achterhalen of die twee elkaar ooit hebben ontmoet.

Taliesin was een Keltische bard uit de zesde eeuw, de Bruce Springsteen van zijn tijd, als hij tenminste echt heeft bestaan. Aan hem wordt het duistere dichtwerk *Cad Goddeu* toegeschreven, oftewel *De slag van de bomen*, waarin herinneringen aan een oude oorlog besloten liggen, toverformules en, volgens wetenschappers, een alfabet, genaamd Beth-Luis-Nion, naar de eerste drie letters die het vormen: voor elke boom (berk, lijsterbes, es) een letter, een maanmaand, een mythische held, een menselijke eigenschap. Ik weet niet of Mario Rigoni Stern het heeft gelezen, maar hij citeert de Keltische kalender vaak in zijn *Arboreto Salvatico*. Ik heb de vrijheid genomen om enige verzen uit het dichtwerk te herschrijven, indachtig de bomen van mijn bossen en de dingen die er momenteel gaande zijn.

De Valsesia ten slotte is een prachtig dal dat omlaagloopt vanaf de Monte Rosa, onze moeder-berg. Ik ga er af en toe heen, te voet vanaf mijn huis. Ik heb er ook gekanood, want daar is de Sesia met zijn stroomversnellingen uitermate geschikt voor: het is een van de laatste rivieren in de Alpen die niet is ingedamd, waarvan de oevers niet zijn afgevlakt en waarvan lange stukken nog wild zijn. De Valsesia kent een sterke traditie als toevluchtsoord voor vervolgden en minderheden – van Fra' Dolcino tot het Walser volk tot de partizanen van het verzet – en een arbeidersziel die beneden in het dal goed zichtbaar is. Maar voor ons, aan onze kant van de Monte Rosa, is het de plek waar het slechte weer vandaan komt. We hebben zelfs een spreekwoord dat luidt: als het vanuit de Valsesia waait, ga dan naar huis, want er komt regen. Het dal is een trechter waar alle mist die opstijgt vanuit de vlakte tussen Novara en Vercelli in terechtkomt, en het is heel raar om op de waterscheiding te staan, of omlaag te kijken vanaf de gletsjers van de Monte Rosa en dan aan de ene kant wolken te zien en aan de andere kant de zon – iets wat geregeld voorkomt. Het dal lijkt achtervolgd te worden door het noodlot. De geschiedenis ervan is doorspekt met overstromingen, en omdat het er zoveel regent heeft het de liefdevolle bijnaam ‘pisbak van Italië’ gekregen. Ik ben nooit in de *badlands* van Amerika geweest, maar dit leek me de uitgelezen plek om mijn Nebraska te worden.

Fontane, 2023
Voor Andrea, Davide en de jaren van de Rifugio Sottile.
Voor Fede en ons ontwaken.
Met liefde.

Inhoud

Valsesia 7
Bosopzichter 23
De wintermaanden doorkomen 67
Vrouw in het water 93
O, huis van mijn vader 121
De slag van de bomen 135

Noot van de auteur 145